KB275139

박석구 수필집

글·박석구 그림·조병연

늙은
시인들의
동네

늙은 시인들의 동네

2025년 11월 29일 제1판 1쇄 발행

지은이 | 박석구
펴낸이 | 김종완
펴낸곳 | 에세이스트사
편 집 | 조정은

등 록 | 문화 마 02868
주 소 | 서울 종로구 익선동 55 현대뜨레비앙 905
전 화 | 02-764-79412, 010-5655-5273
e-mail | kjw2605@hanmailnet

값 15000원
ISBN 979-11-89958-69-5 03810

이 책은 25년 전라남도와 전라남도문화재단에서 지원 받아 제작되었습니다.

박석구 수필집

글·박석구 그림·조병연

늙은
시인들의
동네

에세이스트사

책머리에

정처, 그 삶

'자연은 인간이 없는 생태계를 원하고 있을지도 모른다.'는 생물학자 최재천 교수의 말을 지금 살아가는 이곳에서 가장 피부로 느끼고 있다. 귀향 후 10년 동안 작물을 재배하려고 잡초들과 전쟁을 치르며 살았다고 이야기할 수 있을 것이다. 그러나 지금도 잡초와 더 강한 약물과 호미나 기계로 전쟁 중에 있다. 잡초는 몇 달 후면 어떻게든 다시 자라나 나와 마주하며 나와 삶을 공유한다.

어찌 보면 이들을 바라보며 나도 잡초가 아닐까 하는 생각이 들기도 한다. 그들의 삶을 방해하는 성가신 잡초. 그들은 내가 없으면 이곳에서 서로와 오순도순 살아갈지도 모른다는 생각.

『사랑의 방명록』을 상재하고 8년 만에 이 책을 내놓는다. 방황의 세월을 끝내고 이곳에서의 삶은 처음에는 막막하였으나, 지금은 넉넉하진 않더라도 마음은 여유로워졌음을 고백한다.

이곳 풍경은 쓸쓸하지도 않고 지상의 불빛들이 가득한 도시보다 문만 열면 쳐다보이는 별과 달, 달그림자와 함께 서 있는 나무들을 보면서 하늘을 바라보는 내 삶이 좋다.

세월은 어차피 흐를 것이고 이제 그 흐르는 세월과 같이 흐르며 이곳 사람들과 같이 마주하고 안부를 물으며 살아갈 것이다. 이제 사람이 없어 가끔 적적하고 쓸쓸한 느낌이 많은 동네지만 우리 동네 사람들의 이야기가 내 삶과 함께 흘러가고, 계절마다 바뀌는 텃밭의 작물들이 나를 반겨주는 이야기가 아마 내 글 속에 가득할 수밖에.

늙은 시인들이 해마다 나를 두고 떠나간다. 낡은 보행기를 앞세우고 가끔 우리 집 앞을 지나가다 나와 마주치면 웃으며 '잘 있냐'는 인사를 나눈다. 그때마다 하늘은 맑다.

이 책을 꾸며주신 김종완 발행인과 조정은 국장께 감사드린다. 기꺼이 삽화를 그려준 조병연 화백에게도 감사를 전한다. 그리고 명령처럼 부탁한 표4를 사랑하는 마음으로 써 준 김완 시인과 강대선 문인에게도 감사의 뜻을 표한다.

가을이 깊다.

2025. 11월

박석구

차례

3부

박석구론

1부

늙은 시인들의 동네

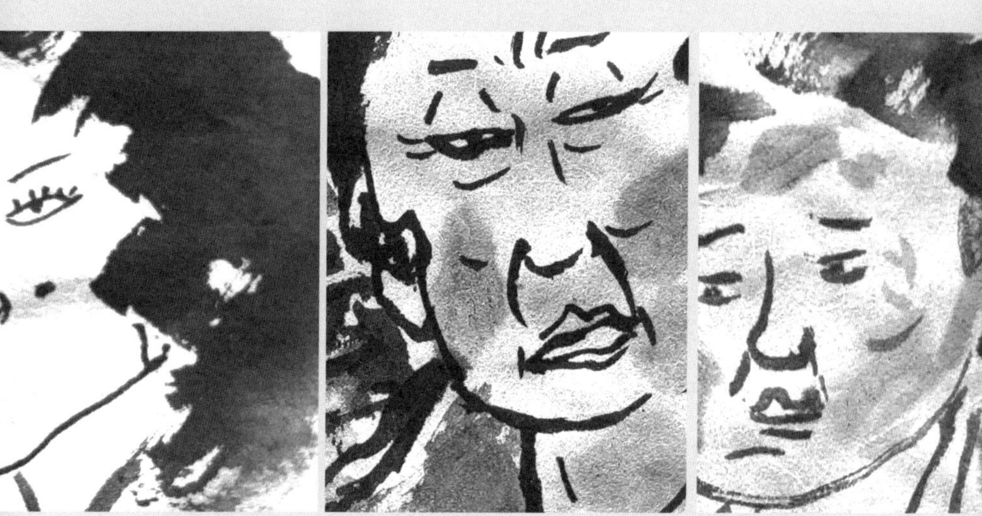

늙은 시인들의 동네

소소한 이야기

1. 겨울, 산골짜기로 들어가다

겨울비 그친 뒤, 모아 둔 감나무 장작을 패다가 몽중夢中의 아이처럼 뒤척이는 발걸음으로 무심히 늦은 1월의 월출산 작은 골짜기로 들어갔다.

감나무 모탕같이 부슬거리는 바위가 버티고 있는 낮은 벼랑 위 바랜 억새풀 속에서 잿빛 산토끼를 보았다. 아니, 그 눈을 보았다.

솔잎에서 가끔씩 떨어지는 물방울의 선명한 차가움.

동백 잎에 반사되는 햇살의 가벼운 반짝임.

남은 얼음장 속으로 스미다 부딪혀 서성이다 내는 작고 맑은 물소리를 안고 가는 찬물의 투명한 무늬.

이것들이 토끼의 눈 속으로 빨려 들어가고 있었다. 밝고 환한 이 정적에서 보이고 느끼는 모든 것들을 끌어안는 검은 눈망울

에 저절로 고개가 숙여졌다.

고요.

순간, 토끼가 나를 쳐다보았다.

2. 미동

무등산 의상봉 근처였던가?

천왕봉에서 미끄러져 내려오는 능선을 바라보다, 그 부드러움에 편안한 긴 숨 한번 쉬고 고개를 돌리는데, 공작새 솜털 같은 자귀꽃 하나가 정금나무 잎들 위로 가볍게, 툭 떨어졌다.

갑자기 간지러움을 견디지 못한 정금나무가 부르르 떨었다. 내려다보던 싸리나무가 안타까운지 온몸을 두어 번 흔들어 진홍빛 제 꽃으로 자귀꽃을 쓸어내렸다.

서로의 어루만짐이 오래지 않았어도 자신보다 낮은 주위에 대한 배려를 바라보면서 부끄러움이 느껴졌다.

바둥바둥 살아온 내 생을 초라하게 방류해 흩뜨리는 순간이었다.

그리고 적막이 왜 깊게 다시 찾아오는지 그때 알았다.

3. 유달산에 가다

사공의 뱃노래 가물거리며 잊혀진 지 오래.
저기 삼학도 큰 봉우리도 깎여 없어진 지 오래.
부두에 새악시 아롱 젖은 옷자락과 이별한 지 오래.
목포역을 떠난 지 오래.

개나리꽃을 보러 가자는 초보 사진작가를 따라 잠깐 애틋한 감정이 일었으나 덤덤한 마음으로 이제는 '목포의 눈물' 노래가 끊긴 역을 나와 유달산에 올랐다.

필 꽃들은 늦어진 계절 탓에 거의 피지 않았고, 그냥 수많은 돌계단만 오르내리다가 아, 첫 키스의 움푹한 자리에 앉아도 보고, 멀리 파도에 패인 외달도가 그 애 집이어서 늘 마중만 하던 선창가도 바라보고, 바다에서 쏟아지는 물빛은 역시 바람이 푸르러야 하얗게 반짝이구나 하는데, 갑자기 그 애의 까만 눈망울이 생각나 고개를 들어 한없이 파란 하늘만 바라보았다.

내 생애의 체온이 가장 뜨거웠을 때, 사랑의 이슬이 저 흰 바람꽃에 머물러 서로 두 잎이 되고 싶었을 때, 그 애는 서울을 향하여 밤기차를 타고 그리움도 버리고 나를 떠났었지.

오래 오래, 오래 오래, 정말 오래 전.

이제 푸른 쪽으로만 가는 세상이 가득해지는 늦은 오후에, 돌아가는 기차의 창에 마주하는 내 눈이 슬며시 젖는 것을 느낀다.

4. 취한 밤

남광주시장 '꼬꼬댁 꽥꽥씨네' 녹슨 닭장 안에 홀로 남은 무늬만 토종닭인 꼬꼬댁만 밤을 지키고 있다.

벽과 바닥 사이에 이미 여러 번 밟혀 줄기가 꺾인 민들레가 꼬꼬댁이 던져 놓은 깃털 하나를 이고 메마른 숨을 쉬는데, 꼬꼬댁은 담배를 피워 물고 자신을 바라보는 나를 향해 고개를 갸우뚱하며 눈빛을 포갠다.

그 눈빛이 터무니없이 초롱초롱하여 문득 몇 시간밖에 남지 않은 절명의 순간이 다가오는데도 삶의 의지가 묻어있다는 생각을 하게 한다.

가끔 휘어진 부리로 통에 든 모이를 쪼아 먹지만 맛있는 표정이라곤 아예 묻어있는 것 같지 않다.

맞은편 김 서린 창문으로 보이는 어설픈 시를 좋아하는 서희자의 팥죽집 탁자에는 고단한 표정이 가득한 아는 문인들 몇이서 주고받는 늙은 이야기와 소주병이 쌓이고 있다.

이제 서서히 문을 닫는 근처 국밥집 셔터 소리에 화들짝 고개를 들곤 하던 꼬꼬댁이 익숙해진 풍경을 그리는지 아랫눈시울을 지그시 올려 눈을 감는다.

산골짜기에 들다

눈이 그친 늦은 오후, 베어낸 감나무를 모아 장작을 패다가 모처럼 저기 보이는 월출산이 선명하고 가깝게 보여 장작 패는 일을 제쳐두고 산으로 향했다. 산길에 들어서자 이미 씨를 반쯤 날린 마른 억새들이 골짜기 쪽으로 손을 흔들고 있었다. 나는 그것들이 가리키는 작은 골짜기로 발을 옮겼다. 소나무나 사스레피, 동백 이외의 활엽수들은 잎 떨군 줄기와 가지를 한껏 벌리고 하늘의 푸른빛을 받아들이고 있었다. 그 밑 여윈 풀들은 바위 틈 사이에서 겨우 흘러 떨어지는 물소리 쪽으로 몸을 눕히고 있는 듯 보였다.

일순 물소리가 내 귀에서 멀어지는 생각이 들자 모든 주위가 고요해지고 적막이 감돌았다. 그리고 적막을 품고 있는 상수리나무, 오리나무, 서어나무들이 각자의 색깔을 드러내고 있었다. 상수리나무는 아직 몇 개의 마른 갈색 잎들을 채 버리지 못했고 오리나무는 검은 방울을, 오동나무는 노란 열매를 가득 달고 이미

떨어져 바닥에 널브러진 자식들을 바라보는 중이었다. 서어나무는 매끈한 제 몸을 어루만져주라는 듯이 소나무에 기대고 있었다.

그때 산등성이에서 바람이 불어왔다. 갑자기 적막이 사라지고 보이는 모든 것들이 각자의 소리를 내기 시작했다. 골짜기를 타고 내려오는 바람에 맞춰 몸들을 숙였다가 일어서는 모습이 마을을 향해 흘러가듯 보였다. 갈빛 돌을 닦으며 흐르는 웅덩이의 물도 파르르 떨고 있었다. 바위틈을 빠져나온 상수리잎도 바람에 밀려 다시 다른 바위 뒤로 숨어버렸다. 바람이 그치자 웅덩이는 구름 하나를 품고 있었다.

다시 오면 이들은 또 다른 모습으로 다가올 것이다. 며칠 후면 산딸기나 청미래 덩굴들은 가지 끝부터 새순을 틔우고 마른 풀들을 보듬는 모습으로 연한 새 촉을 내밀 것이다. 흰 제비꽃도 가녀린 몸을 곧추세울 것이고.

나는 오엽송 우거진 초수동樵水洞 쪽으로 발길을 옮겼다. 거기는 나의 7대 할아버지 산소가 있는 곳으로 지금은 돌아가신 아버지가 내가 초등학교 가기 전, 글을 쓴다고 움막을 짓고 1년인가 생활한 곳이다. 아버지는 산속의 생활이 지겨워 다시 마을로 내려오기 전까지 글을 한 편도 쓰지 못했던 걸로 기억하고 있다.

초수동은 물이 마르지 않는다. 그 이유는 골짜기가 처음 발원

한 곳에서 용출수가 항상 솟아나기 때문이다. 하여 계곡은 가재나 갈겨니, 피라미들이 가득한 곳이기도 하다. 예전엔 여름밤이면 동네 처녀들이 미역을 감는 장소이기도 하였다. 단풍나무들이 줄지어 서 있는 길을 돌아 밑으로 내려가면 널찍한 바위가 앞을 가로막는다. 범바위라는 이름을 가지고 있는데 돌로 바위를 두드리면 통통 속이 비어있는 소리가 났다. 스무 살 언저리에 저기 내려다보이는 호동虎洞이란 마을의 여자동창을 좋아한 적이 있었는데 가끔 이 바위에 올라서서 그녀의 이름을 외쳤던 기억이 있다.

내려오는 길 초입에 커다란 소나무가 지금도 서 있다. 그 소나무는 내 어릴 적보다 훨씬 더 크고 우람해져 있다. 거기서 몇 발자국 가면 뇌염을 앓다가 죽은 정희의 돌무덤이 있었다. 내 동창 정희는 6학년 여름방학을 끝내 보내지 못하고 이곳에 묻혔다. 언제나 말이 없고 조용히 웃기만 하는 예쁜 애였는데, 돌무덤은 찾아보니 흔적도 없다.

해가 설핏해져 집으로 돌아오는 길에 산에 남겨둔 예전 기억을 돌아보니 씁쓸한 웃음이 나왔다. 아, 모든 것들이 내가 이곳을 떠나서 돌아올 때까지 내 기억에서 너무 멀어져 있었구나. 50년의 세월을 에돌아 귀향했으나 삶은 저 해처럼 기울어져 있고 결국 혼자인 삶으로 귀착되고 말았으니.

갑자기 외로움이 밀려왔다. 하지만 내 삶은 아직 끝나지 않았고 이제는 어릴 때처럼 가진 것에 집착하지 않고 살아가니 지금의 삶이 얼마나 좋은가. 외롭다는 것은 아직도 내 가슴에 그리움이 남아 있다는 것. 외롭다는 것은 아직도 내 가슴에 사랑할 마음이 남아 있다는 것.

개여울

　마을 서편으로 마을을 돌아가는 개천이 있다. 내 유년의 개천은 해맑고 투명한 개울물들이 작은 돌들 위나 작은 모래톱을 스치며 졸졸 흘러가는 모습으로 남아있으나, 지금은 물길을 돌리고 높은 축대를 쌓아, 내려가 손을 담그기가 어려운, 그저 스러진 억새들을 바라보며 걷는 곳으로 변해버렸다. 하여 내 산책길은 편백이 가득하고 계곡물이 드러난 바위틈을 돌아 흐르는 뒷산 계곡으로 방향을 잡은 지 꽤 된 것 같다. 그것도 늘 혼자서.

　재작년인가 한때, 읍내에서 조그만 음식점과 술집을 겸한, 아직도 귀여움이 가득하고 통통한 볼집을 가신, 50대 후빈의 여인네가 우리 집에 들른 적이 있었다. 서울 변두리에서 남편과 함께 건축자재 판매점을 운영하다가 남편이 바람을 피우는 바람에 이혼하고 이곳으로 내려온 지 십수 년이 되었다고, 처음 점심을 먹으러 간 나에게 내어온 심심한 반찬처럼 이야기하였다. 집이 어디냐고 묻기에 가르쳐 주었더니 며칠 뒤 느닷없이 찾아와 고목이 된 동백나무를 처음 보았다며 감탄하면서 끌어안았다. 그리고 수시로 동백나무가 보고 싶다며 집을 찾았는데 그녀를 데리고 가끔 뒷산을 산책하였다.

　내가 여기 내려온 지 어느덧 여섯 번째 겨울을 맞고 있다. 봄 여름 가을은 다섯 번이 지나갔다. 올겨울은 작년과 달리 몹시 추운 날도 제법 있었고 눈도 꽤 내렸다. 따스해진 날은 뒷산에 들어가 떨어진 낙엽 더미에 앉아 하늘을 보거나 깊은 숨을 들이마시면서 코로나19 때문에 더욱 혼자된 몸뚱이를 추슬렀다. 돌아오는 길은 소나무가 우거진 곳을 지나 사스레피나무가 군데군데 모여 있는 개울을 건너야 했다. 조심스레 돌들을 밟고 건너자마자 널찍하고 반반한 바위가 개울을 바라보며 나를 반겼다. 내가 거기에 앉아 맞은편을 바라보면 소나무가 긴 세월 동안 흐르는 물에 패인 뿌리를 드러내고 그 물을 보듬고 있었다. 개울물은 소나무 뿌리를 한 바퀴 돌아나와 아래의 여울로 떨어지며 재잘거렸다.

　처음 이곳에 왔을 때는 겨우내 집을 고치고 난 4월 어느 봄날이었다. 나는 여기에 앉아 며칠째 깎지 않은 수염을 두 손으로 감싸며 한참을 꺼이꺼이 울었다. 날은 따스해지고 2000평이나 되는 울안 밭에 풀들은 하염없이 돋아 자라는데, 농사일은 하나

도 아는 게 없어 그곳에 무엇을 심을지 아직 정하지 못한 상태
였다. 그리고 지니고 내려온 몇 푼의 돈은 집수리 비용으로 이
미 바닥이 나 버렸고. 어떻게 지내지? 어떻게 살아가지? 하는 막
막함이 가슴을 짓눌렀기 때문이었다.

그해 나는 다시 먼 곳으로 일을 나섰다가 집으로 돌아오기를
반복했고, 조상이 물려준 땅 몇 떼기를 팔아 농부가 되기 위해
비닐하우스며 저온 창고 등을 지었다. 그리고 120그루의 몇 가
지 과수를 심었다. 그해 가을, 나는 그 개울가 바위에 앉아 '살
아보자, 살 수 있어'하고 다짐을 하였다.

그다음 해 이곳을 찾았을 때는 깊은 봄이었다. 그해는 비록
적자에 짓눌린 삶이었지만 무언가 하고 있다는 자신감과 정착
할 수 있다는 의지가 생겼다. 방과 후 강사도 시작하였고 밭에서
는 지난해 심은 마늘과 양파, 그해 심었던 고추와 감자, 땅콩 등
이 푸르게 푸르게 자라고 있었다. 책도 한 권 펴냈다.

나는 개울가 주변을 천천히 둘러보았다. 각시붓꽃의 처연함.
도드라지는 산딸기의 팽팽한 푸르름. 쑥 무더기 사이 흰제비꽃
의 애틋함. 갈빛 돌을 닦으며 흐르는 물. 거기에 비치는 구름 하
나. 그 구름을 헤집는 갈겨니 떼. 다시 오면 이들은 사라지거나

다른 모습으로 다가올 것이다. 흐르는 것들은 자기만의 소리로 흐르고 바람에 흔들리는 억새들도 흘러가듯 흔들리고 있었다.

　지난 늦은 가을에 여기를 찾았을 때, 나는 혼자였다. 5년이라는 세월 동안 여전히 혼자였으나 지난해는 바빴다. 비록 과수들은 냉해를 입어 열매를 얻지 못하였으나 마늘과 양파 수확은 예상을 뛰어넘게 좋았다. 감자는 하나씩 캘 때마다 통통함과 토실함에 도와주러 온 동네 아주머니 입에서
　"이제 자네는 요놈의 감자 같은 마누라만 하나 구하면 되겠네."
　하는 탄성이 나왔다. 고추는 다른 집에 비해서 병도 덜했고 남들이 부러워할 만큼 많이 땄다. 서리태는 가로등 주위만 제외하고 꽤 많은 양을 수확했다.
　여전히 방과 후 강사도 계속하고 있었고 사랑방 터에다 예쁘고 아담한 이층집을 지어 민박도 하기 시작했다. '총인구 조사' '농어림 가구' 조사원으로 아르바이트도 겸했다.
　다만 글을 한 편도 쓰지 못하고 세월이 갔다는 조바심이 늘 뒤따랐다. 그 조바심 때문이었을까. 나를 위해 열무김치를 담아준다며 마늘을 까고 있는 그녀에게
　"먹는 것에만 신경 쓰지 말고 우리 사랑도 해야지. 안 그래?"

했더니 몇 달간 연락이 없었다.

"동백나무 보고 싶어,"

며칠 전, 그녀에게서 연락이 왔다.

김소월의 시가 떠올랐다.

당신은 무슨 일로 그리합니까.

정처
- 귀향 6년

이 봄이면 당신이 생각지도 못하고 보내는 밤의 하늘을 바라봅니다. 내가 유년 시절 바라보았을 때보다 어둡고 성긴 별들을 보면서 가볍게 스치는 바람을 입술로 느끼며 서 있습니다. 언제나 그렇습니다. 산등성이 아래는 지친 듯 어둡고 그 경계의 하늘은 파랗습니다. 동쪽 하늘의 북두칠성은 국자를 뒤집어, 아래 작게 깜박이는 작은 별에게 옛이야기 하나를 쏟아내고, 서쪽 하늘의 오리온좌는 다시 방패연의 모습으로 흐르며 자목련과 모과꽃들을 밝히려 애를 쓰고 있습니다.

빈 들은 이제 봄까치꽃이나 광대나물, 별꽃들이 시시히 자신의 영역을 넓히며 푸르름을 더해가고 있습니다. 오늘 나는 열무와 상추를 심었습니다.

세월이 지나면서 내가 즐겨 했던 것들, 취미나 음식, 산과 바다나 강 같은 여행지, 글이나 작가, 좋아했던 사람이나 영화, 만나고 스쳐 간 여인들의 성향 등을 곰곰이 생각해보면 지금은 그 취향이 너무나 많이 바뀌었다는 데 깜짝 놀라곤 합니다.

가령, 젊음의 시절엔 탁구나 당구, 테니스를 일주일 내내 번갈아 가면서 즐기고 했는데 지금은 몇 년 동안 이것들을 해 본 기억이 없다는 것입니다. 먹는 것도 생선을 좋아했던 시절이 어느땐가 가물거릴 정도로 지금은 젓갈이나 간장에 절인 음식들이 식탁 위를 자리 잡고 있습니다. 그거야 홀로 TV를 보며 깨작거리는 끼니가 너무 오래된 탓이기도 하겠지만 TV도 예전에는 드라마나 예능 프로그램에 눈길을 주었으나 지금은 단막극이나 뉴스가 켜져 있는 경우가 대부분입니다.

수많은 산행도 이제는 몇 년간 겨우 뒷산을 걸으며 나무나 풀들이 자라는 모습이나 흔들리는 모습을 바라보는 게 고작이고, 젊었을 적 환호를 지르며 해수욕장 바닷물에 뛰어들던 시절이 아득한데, 지금은 그런 모습을 바라보며 그 끝머리 바위에 앉아 붕장어 낚시나 하는 신세가 되어 있습니다.

이렇듯 즐겼던 일들이 나이를 따라 싫어지거나 잃어가고 있지만, 이곳에 자리 잡고 지내오는 동안 그와 반대로 관심을 가질 수밖에 없었던 것들이 있습니다. 그것은 땅을 통해서 자라는 나무와 풀, 작물의 생애입니다.

인간은 지구상에 사람이 다른 종족보다 많다고 생각하기도

합니다. 하지만 이곳에 봄이 오면 수십 종의 풀들이 수만의 개체로 우리 집을 덮기 시작합니다. 우리 집에 자라나는 풀들이야 인간의 개체만큼이야 덜 하겠지만 30가구가 조금 넘는 우리 동네를 덮는 풀들을 바라보면 한 우주가 펼쳐져 있는 느낌이 들 수밖에 없습니다. 풀들과 나는 이제 서로를 바라보며 한 해 내내 긴 여정을 시작할 것입니다.

저물고 있는 붉은 해를 마루에 앉아 바라보며, 올해는 그다지 가물지 않겠구나 하며 담배를 피워 물고 있는데 앞집에 살며 나와 초등학교 동창인 이장이 살며시 다가왔습니다.
"자네, 연산댁 알지."
"우리 동창 연임이 어머니?"
"응, 엊그제 동네를 찾아왔어. 자기 죽으면 우리 동네 초수동에 묻어 달래."
내 어릴 적 연산댁과 연산양반은 하도 가난해서 우리 동네 궂은일은 도맡아 하며 먹고 살았던, 지을 밭 하나 없던, 사람들이었습니다. 연임이는 도시락이 없어서 사기 밥그릇에 보리쌀로 지은 점심을 싸 가지고 오곤 했는데, 책보자기를 풀다가 그게 교실 바닥에 떨어져 깨지는 바람에 주저앉아 울고 있던 기억도 납니다.

내 저린 바지를 앞 냇가에서 빨아주었던 연임이.

"연임이는 잘 산대?"

"죽었어. 그것도 마흔 정도에서. 간암으로."

정말 무너진 그녀의 집터를 지나면 그리웠던 게 연임이었습니다. 그 시절, 나를 어머니처럼 챙겨주곤 했는데. 벌써 죽다니.

정처란 이런가 봅니다. 그 가난한 시절 살았던 동네에, 떠났으면서도 다시 오고 싶은. 그래도 좋았던 곳.

늙은 시인들의 동네

3월이 오면 동네 아줌마들이 서서히 몸을 움직이기 시작한다. 겨우내 마을회관에서 엊저녁 드라마 이야기나 10원짜리 화투를 치면서 지내다가 이제 감자를 심거나 미리 심을 작물을 위해 밭에 나가 풀을 뽑고 땅을 갈아 엎어줘야 하기 때문이다. 올해는 서리도 한 달 내내 내렸지만 비가 적당히 와 땅도 촉촉하다. 작년 가을에 심었던 마늘과 양파도 무럭무럭 커서 그들의 크기와 싱싱함도 언뜻 보아 평년의 두 배는 될 성싶다.

동네 아줌마들은 다 점쟁이다. 3월 중순경, 마을회관 앞에서, 시름시름 앓다가 아들네들이 있는 서울 병원에서 돌아가신 구림댁의 노지장례식을 치르던 날, 영곡댁이 영정사진에 절을 하고 물러서면서 한숨을 쉬었다.

"아이고, 나보다 먼저 가니 좋겠소. 이제 나도 안 아픈 곳이 하나도 없는 몸뚱이만 남았소. 아이고 형님, 작년에 그 몸뚱어리로 죽자꾸나하고 마늘을 겁나 심고 있을 때 알아봤지라. 그것

심고 나자빠질 때 마늘도 못 보고 갈 줄 알았어.”

영동댁이 옆에서 거들었다.

“이 양반 말이 좀 많아? 그 말이 많던 구림댁이 비실비실 웃기만 할 때 알아봤지. 자식놈들이 다 무슨 소용이 있어. 지 몸뚱이들 건사하느라고 보일러 고장 났어도 일주일간 아무도 안 오더라고. 그때 저 인간이 감기에 추위에 죽을 성 싶었던가 세상에 ‘엄니, 나 엄니 보러 가요.’ 하더라니까.”

“그래도 저 양반은 영감이 상 하나는 잘 만들어 팔아, 먹고 사는데 걱정은 없었지. 지금 우리 마을회관 상들도 다 그 영감이 만든 거여. 그런데 혼자 밥 먹고 있는데 상다리가 부러졌다는 거여. 내가 그래서 저 양반에게 영감이 부른 모양이네 한 말이 영 걸리더라고.”

광암댁이 엄지와 검지를 코에 대고 팽하고 코를 풀면서 한 말이었다.

4월이 오자, 나도 덩달아 바빠졌다. 100여 평 넘게 심은 감자의 순이 트자, 멀칭한 비닐을 일일이 가위로 자르고 흙으로 북을 돋아주어야 했다. 하지만 감자는 심는 방법에 문제가 있었는지 반도 틔우지 못하고 썩어버렸다. 처음 짓는 감자농사라고 애써 자위하며 이번에는 땅콩을 포트에 심고 싹을 틔웠다. 작년에 600포기의 땅콩을 심어 한 달여의 가뭄과 더위에 좋은 품질을 겨우 12킬로그램밖에 건지지 못한 것을 잊었는지 이번에는 1000포기나 심은 것이다. 농사란 오기도 발동해야 한 번은 성공한다는 어설픈 직관을 믿으며.

고추모종을 1500포기나 심어야 하는데 일할 사람이 없다며 뒷산 아래 밭을 짓는 장암아제가 나를 불렀다. 모종삽만 달랑 들고 밭에 이르렀더니 정지댁과 조기사댁이 먼저 와 있었다. 고추모종을 반 정도 심고 나자 장암댁이 점심을 전동휠체어에 싣고 왔다.

"밥 먹고 하드라고."

큰 소리로 외치는 장암댁 뒤에 정지댁 큰딸이 서 있었다.

"무슨 일로 나를 보러 왔냐? 지금은 일철이라 갖고 갈 것도 없는데."

정지댁은 19살 때 시집 와, 정지아제가 40살도 되지 않았을 때 병으로 죽고 나서부터 딸 셋을 키워 이곳에서 시집을 보냈다. 지금 정지댁 나이가 70대 중반이니 얼추 큰딸도 50대 중반일 거였다.

그녀가 정지댁을 산 속으로 데리고 가면서 말을 하는데 조금 있다가 악다구니 비슷한 정지댁의 언성이 온 산에 울려 퍼졌다.

"가거라. 가. 또 엎어지지 말고. 네가 살다가 엎어진 게 한두

번이냐? 하여간 조금만 잘해주는 뭣 달린 것들만 보면 앞이 캄
캄해져 어쩔 줄 모르는 이년아."

정지댁이 돌아왔다. 내가 "뭔 소리요?"했더니 먹고 있던 밥을
꼴딱 삼키고 혼잣말처럼 중얼거렸다.

"오매, 썩을 년이 또 남자랑 산다고 염병하네. 지 남편하고 이
혼하고 나서 이번이 네 번째구만. 저년은 남자 없으면 못 사니
내가 속이 터지지. 글지만 한편으로는 부럽기도 해. 나는 남자
라고는 아제밖에 모르는 숙맥이었으니. 나도 외로웠어. 얼마나
외로웠는지 몰라. 외롭고 외로운 그때 내 마음을 자네가 알거
나. 하, 이제는 그런 마음 없어져 버린 지 오래이구만. 지금은 밥
이 내 애인이여. 그런데 저 썩을 놈의 철쭉은 왜 저리 환장하게
피어 있다냐?"

5월이면 온 동네가 벼농사 준비에 여념이 없다. 논을 트랙터
로 갈아엎고, 퇴비와 비료를 뿌린 다음, 물을 채워 넣는다. 논에
물이 채워지고 어느 정도 안정이 되면 트랙터에 써레를 달아 논
을 평평하게 다듬어 놓는다. 그리고 마당이나 공터에서 모판에
흙을 채우고 물로 침지한 벼를 깔고 다시 흙을 덮어, 날마다 물
을 주며 모를 키운다.

자라는 고추에 2,3일에 한 번씩 물도 주어야 하고 생강이나 토

란도 심고 땅콩도 심어야 한다. 어떤 집은 고구마도 심어야 하고.

모처럼 비가 오고 어둠이 깔릴 즈음 당숙모인 영호동댁이 무언가를 채반에 싸 가지고 나를 찾아왔다.

"오늘이 당숙 제산데 애들도 안 오고 나밖에 없어서 그냥 일찍 지내버렸다. 제사음식 조금 갖고 왔다."

마루에 앉아서 떡을 하나 먹고 있는데 당숙모가 "아이고 개구리소리가 별나게 요란하네." 하면서 말을 이어갔다.

"개구리소리가 와글와글, 바글바글하게 들리면 풍년이 오고 꼬르륵꼬르륵, 골골골 골골골하고 들리면 흉년이 온다고 했단다. 네 귀에는 어떻게 들리냐?"

"와글와글 하는데요?"

"다 마음이지야. 자신 처지나 몸이 안 좋으면 골골골 골골골하게 들리고, 마음이 포근하면 바글바글 들리겠지야. 네가 여기 와서 이 집 고치고 잘 정리해 놓으니 얼마나 좋으냐. 네가 여기서 잘 적응하고 있다는 뜻이란다. 둥지를 다시 튼디는 게 어려운 일인 줄 알지만 나도 이리 시집와서 없는 살림에 고생 무지하게 하며 살았다. 그래서 한 달만 살아보자, 한 달만 살아보자 하며 사니까 지금까지 살게 되더라."

며칠 전 해질녘, 매실나무 아래 풀밭에서였다. 이제 노랗게 스러지고 있는 별꽃풀들 사이에서 몸을 곧추세우며 여기저기 무섭게 자라고 있는 풍년초를 호미로 캐거나 뽑고 있는데, 유모차를 몰고 지나가던 화산댁이 무얼 하나 궁금한지 나한테 왔다.

"뭘 해?"

"풍년초가 너무 많아 뽑고 있어요."

"풍년초 그것 징해야. 잘 뽑고 있다. 그것 씨 날리면 잡도 못한다. 서울년들은 풍년초로 나물도 무쳐먹고 꽃 피면 차도 달여마신다는데 뽑은 것 택배로 보내. 좋아할 거다."

"세상에, 요새는 못 먹는 것이 없네요. 요것도 먹는 모양이네요."

화산댁이 해가 지는 모습을 바라보며 혼잣말처럼 말했다.

"해질녘 구름색깔이 지금 피어있는 어떤 꽃하고 같은가에 따라서 날씨를 알 수 있어야. 지금 지고 있는 갓꽃처럼 노란색이면 비가 자주 온다는 뜻이고, 저 작약처럼 빨갛게 물들어 있으면 가뭄이 든다고 했어. 아카시아나 찔레꽃처럼 하얀색이면 비가 적당히 와 풍년이 든다는구만. 지금은 하야니 마음은 푸근하네."

미생

　오늘은 정월 대보름날, 혼자 살다 보니 아침을 건너뛰는 경우가 대부분이라서 아침나절 마늘밭 풀을 매고, 낡은 의자에 앉아 하늘을 보니 해가 어느덧 감나무 가지에 걸려 있다. 무엇을 먹을까 생각하고 있는데 면사무소 뒤 작은 음식점을 경영하는 손사장에게서 전화가 왔다.

　"응, 오늘 보름이니까 저녁은 우리 집에서 같이 먹게."

　손사장은 읍내에 있는 바둑동호회에서 만난, 급수가 비슷하여 가끔 수담을 나누거나 서로 농사일을 교류하면서 술을 마시기도 하는 사이였다. 명절이 돌아오면 꼭 명절 음식을 해 음식상에 올려 그때마다 나와 친구들은 그곳을 들르곤 했다.

　요새는 보름이라 해도 마을에 사람 구경하기 힘들어 예전처럼 보름달이 뜨면 마을 앞 공터에 모여 강강술래나 달집태우기를 하는 모습은 사라진 지 오래되고 말았다. 이제는 그저 오곡밥에 나물 종류를 만들어 먹는 날이 되어버렸고 더구나 혼자 사는 이들은 몇몇이 모여 보름 음식을 제공하는 곳에 가서 저녁을 먹으며 어릴 적 대보름 시절을 반추하며 보낼 수밖에 없다.

전화가 또 울렸다.

"점심 먹었어?"

"아직."

"이리 와. 오곡밥 했어."

"동네 분이 가져다준 거 먹을 거야."

"혼자?"

"응."

"염병."

"왜?"

"그래. 평생 혼자 잘살아."

전화가 또 울렸다.

"3시경에나 와. 바둑 두다가 저녁 먹게."

"알았어요."

빈 바둑판을 바라보다 두는 첫 착수는 항상 이길 수 있는 기대감 때문인지 놓는 소리가 크게 들린다. 바둑은 361개의 교차점에

미생
2025
cho

서로 한 수씩 두어가며 자신의 영역을 더 많이 확보해야 이길 수 있다. 되도록 최선의 수를 두어서 물 흐르듯 흘러가며 상대방을 공격해야 한다. 생존과 미생은 상대방의 착수에 따라 판단하는 자신의 선택이다. 먼저 생존을 도모하는 기풍은 집 부족에 늘 시달려야 하며, 아직 미생이지만 상대방을 몰아치는 기풍은 허점이 많이 노출되어 끊겨서 죽는 경우가 많다. 생존 후 공격은 늘 손사장의 기풍이고 공격 후 생존은 나의 기풍이다. 나는 세 판의 대국 중 자꾸 '혼자 잘살아'라는 아까의 전화가 떠올라 두 판을 지고 말았다. 그래, 혼자.

찹쌀, 차조, 붉은팥, 검은콩, 차수수가 들어간 오곡밥. 새꼬막 무침. 돼지고기 주물럭. 토하젓. 고사리, 토란대, 무, 시금치, 도라지, 시래기, 고구마순 등 일곱 가지 나물. 동네 아줌마가 부쳐 왔다는 감자전, 김치, 열무 물김치, 멸치볶음, 고등어조림, 소고기가 들어간 미역국, 거기다 소주.

이 음식들을 먹으며 손사장과 나는 소주잔을 부딪쳤다. '살면 얼마나 산다고' 하면서 백세가 넘은 강진아제가 날마다 유모차를 끌고 동네를 도는 모습을 안쓰러워했다. '목숨의 욕망은 나이를 먹으면 먹을수록 더해가는 것 같다'고 맞장구도 치며. 예전의 보름날은 연줄을 끊어 월출산 너머로 날려 보낸 추억도 공유했다.

손사장이 화장실을 간 사이, 나는 가만히 식탁에 놓인 음식들을 바라보다가 언뜻 '이 수많은 생명을 날마다 아무런 죄책감도 없이 먹고 있구나'라는 생각이 들었다. 하나하나 세어보니 스물두 가지 재료나 되었다. 거기다 마늘, 고추, 참깨 등 음식을 만드는 조미료까지 계산하니 서른 가지도 넘는 것 같았다. 이 모든 생명을 한 끼 식사에서 내 목구멍으로 밀어 넣고 있다는 생각이 미치자 가슴이 멍해졌다.

씨앗들이야 삶의 정점이어서 괜찮다는 느낌이 들기도 하겠지만 자신의 종족을 위해 땅에 묻히면 다시 싹을 틔워 생을 시작하는 중간 단계가 아닐까? 우리는 다 살아있는 생명을 오직 한 끼를 때우기 위해 무자비하게 삶고 지지고 볶고 끓여서 자신의 포만을 유지하는 게 아닐까?

손사장 부인이 입가심이라며 접시에 사과를 깎아 담아왔다.

'인생은 미완성'이란 노래를 흥얼거리며 집에 도착하여 마루에 앉아 하늘을 보니 유난히 보름달이 환해 보였다. 겨우내 가지치기를 한 나무들이 자신의 그림자를 땅에 깔고 누워있었다. 그 음영이 너무도 또렷하여 그 깊은 어둠에 내 몸을 숨바꼭질하듯 숨기고 싶었다.

전화가 울렸다.

"집에 왔어?"

"방금."

"이런 날 혼자 먹으니까 좋아?"

"미안해."

"알았어. 나도 혼자 먹었어."

"술도 마셨구나?"

"그래. 마셨어. 당신 땜에."

헤어질 무렵, 손사장이 내게 넌지시 한 말이 떠올랐다.

"혼자 사는 게 좋아?"

"간섭받지 않으니까요."

"그건 미생이야."

"왜요?"

"어차피 둘이 지내라고 자네가 남자로 태어났으니까."

"그런다고 같이 사는 삶이 다 완생일까요?"

"그래도."

관념의 기대

내 몸에는 두 개의 점이 있었다. 하나는 오른쪽 사타구니에서 무릎 쪽으로 10cm 정도 떨어진 안쪽 깊숙한 곳에, 하나는 코의 오른쪽 바로 밑 가까이에. 사타구니에 있는 점은 그 누구도 알 수 없기에 어쩌다 나만이 바라보고 마는 정도였지만, 오른쪽 콧구멍 옆에 있는 점은 어릴 적부터 '눈물받이'여서 살아가는데 고생이 많을 것이란 말을 듣고 자랐다. 그래서였을까. 살기 위해, 가족을 부양하기 위해 사회의 한가운데서 그렇게 고생하고 부대끼면서 지금까지 몸부림을 쳤건만, 지금 내가 모아놓은 재산은 부모님이 돌아가시면서 물려준 힌적한 시골집과 땅 이외는 그리 없다고 보아야 할 것이다. 지금 나는 그 집에 내려가 살고 있다.

겉으로 보기에는 아무리 멀쩡한 사람도 누구나 한두 가지 이런 사연을 가지고 살아가고 있다. 보이는 것뿐이 아니라 보이지 않는 어느 곳에 대해 열등감을 가지고. 그것이 없었으면, 아니고쳐졌으면 하는 희망을 가지고서 말이다. 이런 사연 때문에 일어나는 삶의 어려움을 그것에 전가시키는 경우도 많다.

가령 당신이 유년시절 운동회에서 달리기를 했는데 꼴찌로 들어왔다고 치자. 그러면 당신은 지금까지 달리기를 잘하려고 부단히 노력한 것이 아니라 '어차피 달리기를 못하는데' 하면서 아무리 좋은 조건을 내놓은 달리기 시합이 있다고 해도 '나는 되지 않을 거야.' 하며 참가를 포기했을 가능성이 매우 많다고 보아야 한다.

'희망을 품지 않는 자는 절망도 할 수 없다.'라는 명언을 남긴 '조지 버나드 쇼'도 소년시절엔 사람 앞에서 말도 제대로 못하고 부끄러움과 수줍음이 많았다고 한다. 그러나 한 번뿐인 인생을 변화시키기 위해 부단한 노력을 하여 세계적인 극작가가 되었고 수많은 명언과 해학적인 말을 남겼다.

그리하여 나는 '버나드 쇼'의 이미지와 걸맞지는 않지만 항상 내 가슴에 멍처럼 각인이 되어있는 '눈물받이'라는 점을 빼기로 했다. 그것도 인생의 한 갑자가 가까이 온 나이에. 말이 성형외과지 여성들의 부끄러운 부분의 수술과 레이저로 점이나 빼는 후배 병원을 찾아가, 사실은 눈물받이 점을 빼려는 속셈이었지만 '젊어지고 싶은 욕망'이라며 얼굴의 모든 점을 빼줄 것을 부탁했다. 얼굴의 온갖 잡티나 검버섯, 희미한 점이나 빼고 싶은

점까지 레이저로 제거하고 나니 내 얼굴에 그렇게 많은 검은 것들이 박혀 있다고 상상할 수 없었지만 30군데가 넘었다. 하지만 예의 눈물받이 점은 너무도 살 속 깊이 자리 잡고 있어서 결국 세 번의 수술 끝에 지금의 모습이 되었고 자세히 보면 아직도 희미하게 점의 모습이 남아 있다.

나의 그 어리석은 관념이 살아온 내내 깊게 자리를 잡았던 것일까? 이상하게도 세 번의 점 제거 수술을 받고 있는 와중에도 사실은 이렇게 별로 변함이 없는 생활을 하고 있었지만 그 점이 점점 사라지는 모습을 보며 이전보다 안정된 삶으로 가고 있다고 느껴지는 것이었다. 나는 모처럼 행복했고 가슴 속에 잘 살아갈 수 있다는 자신감이 솟구쳤다. 그 후 나는 앞으로 살아갈 내 삶을 항상 긍정적으로 보고 아는 이들에게 되도록 칭찬을 하면서 살갑게 굴며 살고 있다.

예전, 초콜릿으로 케이크 장식용 장미를 만들어 일본으로 수출하는 회사에 다닌 적이 있었다. 모든 공정이 수작업으로 진행되는 것이어서 많은 인원이 필요했는데 고등학교를 갓 졸업한 여자애들이 대부분이었다.

초콜릿에 물엿을 첨가해 롤러로 여러 번 밀어 얇게 편 다음, 크고 작은 동그란 틀로 찍어 그것을 하나씩 붙여가며 장미꽃처럼 예쁘게 만들어내는 제품이었는데, 완성된 제품이 되려면 상당한 시일의 교육이 필요했다. 하루 8시간의 교육은 오후가 되면 반복된 연습으로 인해 직원들의 집중력을 떨어뜨리고 지치게 했다. 나는 그러한 상황에 대비해 해찰을 하는 이에게 다가가 어깨를 두드려주거나 가벼운 말을 붙여가며 친근감을 보이곤 했다.

그러던 어느 날, 순자란 아이가 나를 불렀다.

"대리님, 뒷골이 땅기면서 머리가 아파요."

"다른 곳은 괜찮고?"

"네, 대리님이 이마를 짚어 주면 나을 것도 같은데요?"

"알았어."

나는 순자의 이마를 가볍게 탁 때리고 사무실로 향했다.

사실 그때 난 결혼 전이고 서른이 채 안 되었기에 짓궂은 말과 행동으로 나를 당황하게 만드는 애들이 꽤 있었다. 약품함을 뒤졌지만 그날따라 진통제가 보이지 않았다. 애들이 머리가 아프다는 것은 생리 중이라는 것을 몇 번의 대화에서 파악은 했지만 어떤 애들은 '저 생리해요. 약 좀 주세요.' 하며 당돌하게 이야기하는 경우도 있었다.

한 대밖에 없는 회사차는 소장이 일 때문에 몰고 나가서 약국까지 걸어가기에는 회사와 너무 멀었다. 그렇다고 약을 주지 않을 수도 없는 일이어서 한참을 생각한 끝에 나뭇잎에 싸 두면 다음 날 잎을 뚫어버린다는 소화제 두 알을 호주머니에 넣고 교육장으로 갔다.

"여기 있다. 금방 나을 거야."

고맙다는 순자의 인사를 뒤로 하고 나는 다른 애들이 만들고 있는 초콜릿 장미 모양을 손질해 주다가 30분 후 다시 순자에게 다가갔다.

"어때? 좀 나아진 것 같니?"

그녀가 나를 빤히 쳐다보더니 배를 문지르며 말했다.

"네, 머리는 이제 개운한데 배가 살살 아파요. 대리님이 살짝 문질러 주면 나을 것도 같은데요?"

길녀

"어야, 삼삼한 걸 하나 소개할팅께 언능 나와바라이."

평소 그 놈을 안다하는 사람은 모두 '개잡놈'으로 통하는 초등학교 동창 친구에게서 빨리 '비둘기가든 식당'으로 나오라는 연락을 받았다. 이놈이 평생 하는 요량을 보면, 마누라가 '초원가든'이라는 식당을 하고 있는데, 마누라가 식당 구석에서 마누라 친구들과 고스톱으로 딴 참기름 5병을 들고 목포에 있는 애인에게 자랑스럽게 갖다주는 놈이었다. 한번은 사슴을 키우는 농장에 놀러갔다가 주인이 없는 사이, 쇠파이프로 그 중 제일 큰 사슴의 옆구리를 수직으로 강타하고 모든 제하나 사슴이 3일 만에 죽자, 헐값으로 사서 사슴고를 내어 서울에 있는 애인에게 택배로 붙인 일도 있었다. 그런데 일이 묘하게 되려고 그 물건이 서울 애인 집에 도착하자 마침 그 집 서방이 집에 있어버려, 그 여자가 택배가 잘못 왔다고 시치미를 딱 떼는 통에 이 놈 집으로 다시 반송돼 버린 것이다. 이걸 알아버린 마누라가 눈이

획 돌아가지고 쇠망치를 들고 '이 썩을 놈, 죽일 놈'하며 이놈을 쫓아다니다 식당 탁자 반을 아작내 버린 사건. 또 식당에 쌀이 떨어져 마누라가 사정하여 외상으로 40kg들이 6포대를 들어놓고 장을 보러 간 사이, 목포의 단란주점에서 외상 술값을 이놈에게 받으러 오자 그 쌀로 외상을 갚아버려 며칠간 식당 장사를 못한 일. 그리고 이 자식은 돈만 생겼다 하면 집을 나가는데, 누군가 '언제나 들어온다요?' 물으면 그 마누라가 '그 새끼 며칠날 들어올 꺼요'하고 자신 있게 말한다. 그러면 딱 그날 밤, 손을 호주머니에 넣고 털레털레 집으로 돌아온다는, 돈 까먹는 귀신새끼다. 어디 그뿐이랴. 허나 이 정신상태가 묘한 놈을 지금까지 데리고 산 마누라의 속은 도대체 뭘까? 궁금했는데 다른 친구의 귀띔은 이 자식이 그것 하나는 끝내 준다는 것이었다. 쓰발, 세상은 왜 이렇게 불공평할까? "길녀야, 길녀. 인사해" 하며 마지못해 찾아간 나를 보고 이 자식이 나를 잡아당기며 내 귀에 대고 작은 소리로 '길에서 줏은 여자, 길녀'하는 것이었다. 아니, 그런데 이 아줌마 말한 것 보소. "오매, 어특게 내 이름을 알고 있당가. 내가 언제 갈쳐 주도 안 했는디." 하며 호들갑을 떨었다. "아니, 이름이 어떻게 된디 그러서?" "길례, 길례지라이" 하면서 주민등록증을 보여주는데 염병할, 이름이 장길례였다. 어떻게 이렇게 말 궁합도 잘 맞는지. 내가 조금 늦게 간 탓에 이미 둘이서 불콰해져,

그녀가 화장실을 갔다.

"어떠냐, 삼삼하지."

"그나, 또 어떻게 꼬셨냐?"

"봐라 봐라. 내가 목포 수협공판장엘 갔드라냐. 근디 공판장 사거리 있잖냐. 거길 건널라고 한디야. 저 여자가 눈에 확 들어오더라구. 그래서 건네 올 때까지 기다렸지."

"…"

"저 여자가 건너옹께. 내가 저 여자를 붙잡고 '나 좀 살려주씨오. 내 친구하고 약속한 날이 오늘인디, 내가 숫해서 가슴만 앓고 있다가 이렇게 댁한테 사정하요' 그랬더니 '뭔디요?' 하고 반응을 보이더라고. 그래서 '내 친구 놈이 내가 일주일 안에 여자 한 명과 같이만 있으면 날 고자라고 안 부른다고 그럽디. 안 그러면 나 오늘부로 고자돼요. 그러니 딱 한 시간만 시간 좀 내주씨요. 부탁하요.' 했더니, 한참 생각한 척하더니 '그라먼 딱 한 시간이요.' 하더라니까. 그래서 데리고 왔잖냐."

"그것이 나랑 무슨 상관이냐?"

"꼬시긴 했는데, 부를 사람이 너밖에 없드라."

"그래서 바로 데리고 온 거야?"

"내가 어뜬 놈인디. 오다가 장을 봐 부렀지."

"장을 보다니?"

"쓰발 놈, 장 본다 말도 모르냐? 장이 장. 서울장, 청원장하는 여관 말이여."

이 잡놈 봐라. 어떻게 그리 빨리 해치울 수가.

"내 무쏘에 태와가꼬 온디 이쪽으로 오는 길까에 여관들이 겁나 많드라고. 그래서 중간에 차를 한 장으로 몰고 들어갔지. 그람서 '가슴이 통개통개해서 좀 쉬었다 갑시다.' 하고 잡아끌었더니 '이러면 안돼요' 하고 첨엔 무쟈게 버티든만. 내가 막 잡아끌고 방까지 들어갔네? '내가 고자 아닌가 확인도 해야지라' 그럼시러 밀어부쳤지. 염병할 여자가 첨엔 털더니, 딱 들어가니께 뭐라 한지 아냐? '으오매, 조오은거' 하드라니깐."

장길례가 돌아왔다. 그러자 이 화상 좀 보소. 여자 한쪽 손을 잡아당겨 자리에 앉히더니 은근한 눈길을 퍼부으며 말한 것 좀 보소.

"워따, 시원하것네이. 이왕에 갔으면 아조 뒷물이랑 하고 오제 그랬는가."

그 말에 이 여자 눈을 힐끗 흘기면서 말하는 꼬락서니 좀 보게나.

"앞에 남정네 놔두고 벨소리를 다하네. 하기사 내가 그라니라고 늦었구만."

어라 어라, 놀아라 놀아. 나는 더 이상 있으면 나도 잡놈이 될 것 같아 '지금 바쁜 일이 있어 가 봐야'겠다고 자리를 털며 일어섰다. 그런데 이 잡놈 말한 것 좀 보소.

"나 약속 지켰으니께. 니가 술값 내고 가라이."

으이구, 썩을 새끼. "이제, 뭐할래?" 하고 물었더니, 이 잡놈. "장 한 번 더 봐야제. 돈 좀 빌려줄래?" 한다.

오매오매, 이 개잡놈을 어찌해야 할꼬.

2부

내 얼굴의 상처

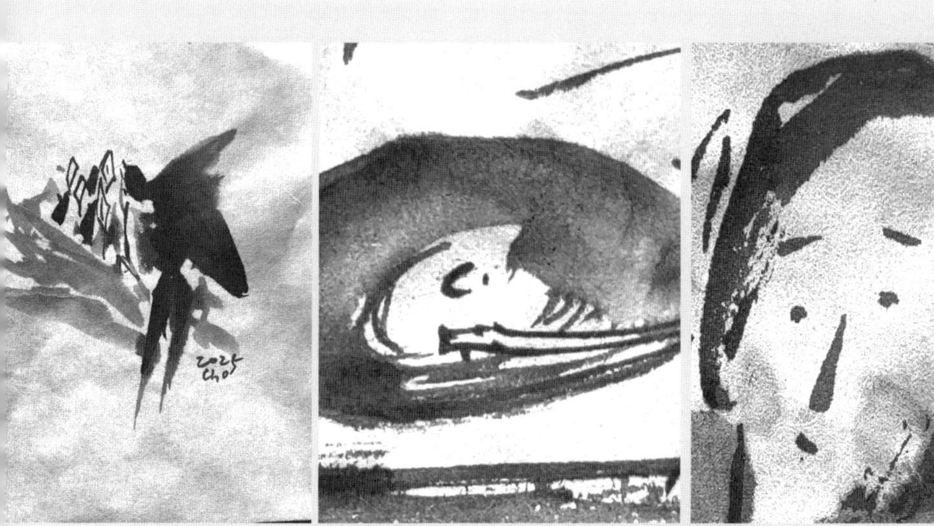

제비

우리 집은 남쪽으로 창호문이 있고, 군불을 때서 방을 따뜻하게 하는 구들장 방식의 작은방이 있다. 문고리를 잡고 바람벽이 닿도록 문을 열면 굴거리나무와 목백일홍, 감나무와 자목련이 바로 가까이에서 나를 맞이하고, 멀리 월출산 남쪽 끝자락에 앉은 작은 봉우리 몇 개가 다정하게 나를 반긴다.

내 청소년기 기억 속에는 6.25 때 행방불명이 된 둘째 큰아버지의 딸인 과년의 사촌누나가 겨울을 어디선가 보내고 지친 표정으로 돌아와 긴 잠을 잔 후, 그 문을 열고 멍하니 앉아 있던 모습이 어렴풋이 각인되어 있다.

올봄에는 작년과 다르게 비가 계속 내렸다. 4월 중순 어느 날, 자목련이 흐드러지게 꽃을 피우고 꽃봉오리 아랫부분이 햇살을 받아 한껏 두툼해지자 제비가 왔다. 내가 귀향을 한 첫봄에 한 쌍의 제비가 내가 외롭다는 것을 알았는지 처마 안쪽에 집을

짓다가 어인 일인지 이틀 만에 떠나버리고, 작년에는 아예 오지도 않더니 올해는 집을 짓기 시작했다.

한때 우리나라에 제비가 거의 없어진 적이 있었다. 박정희 정권이 '잘 살아보세'라는 구호를 내걸고 우리도 쌀밥을 먹어보자며 밭을 논으로 개간하여 통일벼라는 품종을 전국에 심도록 하였다. 하지만 그 벼는 예전 다른 벼에 비하여 수확은 두 배나 많았지만 병충해에 약했다. 그리하여 나중 통일벼가 다른 품종으로 바뀔 때까지, 전국 농촌은 벼가 자라고 익을 때까지 안개처럼 뿌옇게 하늘로 치솟는 농약과 농약 냄새가 뒤덮인 곳으로 변해버렸다. 그때 뿌린 농약은 지금처럼 친환경 농약이 아니라 오로지 병충해를 잡는다는 일념으로 개발된 것이어서 독하기는 이루 말할 수 없고, 특유의 싸한 냄새는 방안까지 침투해 그 냄새에 중독된 우리는 도시에 나가면 그 냄새를 그리워하기까지 했을 정도였다. 농약을 뿌리던 이가 농약에 중독되어 논바닥에 쓰러지기가 부지기수였고 분무된 농약을 마신 제비는 길가에서 푸드덕거리다가 죽어갔다. 산천에 메뚜기도 사라졌다. 대한민국은 배고픔에서 벗어났지만 그 뒤 제비는 당분간 볼 수가 없었다.

7월이 오고 얼마 뒤부터 폭염과 염천의 하늘이 이어졌다. 제비는 새끼를 4마리 낳고 마루는 제비가 싼 똥 때문에 나는 매일 그걸 치우느라 걸레질을 해댔다. 여명이 오자마자 내가 기르는 작물들에게 물을 주기에 바빴고, 그래도 악착같이 커서 작물들 사이의 틈을 메우고 자라는 민들레, 쇠비름, 명아주, 달개비, 둥근잎유홍초, 나팔꽃 등 잡초를 뽑거나 호미질 하느라고 날마다 땀을 바지가 흥건하게 쏟아냈다. 그리고 해가 나면 따가운 햇볕에 달궈지는 것이 싫어 샤워를 하고 마루에 앉아 담배를 물었다.

노란 부리의 입만 키운 듯한 제비새끼들은 부모가 번갈아 가져다주는 먹이에 목을 길게 빼면서 먼저 먹으려고 목이 쉬도록 소리를 질러댔다. 그 소리에 익숙해질 때면 햇살은 벌써 마당에 깔린 집 그늘을 지우면서 자신의 영역을 넓혀왔다.

바라다보는 동백나무 뒤에 나있는 길은 햇살이 땅과 풀과 나무들의 잎사귀를 달구고 있는 모습 외에는 조용했다.

'예전에는 아이들이 학교에 간다고 내달으며 친구를 부르는 소리와 웃음소리가 끊이질 않았는데.'

생각해 보니 내가 여기 와 아이들이 학교 가는 모습이나 아기 울음소리를 들은 적이 없다.

'이제 우리 마을은 제비만이 새끼를 낳아 기르는구나.'

사촌누나는 내 기억으로 유별나게 사랑을 갈구했다. 그녀가 막 사춘기를 지나가고 있을 무렵, 마을 어귀에 상여집이 있었는데 거기서 옆 마을 총각과 사랑을 나누다 들켜서 할머니에게 머리를 숭덩 잘리고 고방에 갇힌 적이 있었다. 그리고 고등학교 시절이 끝나갈 가을 무렵에 역사 선생님의 애기를 뱄다고 울면서 큰어머니에게 밤중에 이야기하는 것을 들었는데, 큰어머니가 그녀를 광주에 데리고 가서 애를 지웠다고 했다.

그녀는 그 후, 해마다 제비가 떠나가면 무엇에 홀린 듯 집을 나갔다. 그리고 제비가 돌아오면 남자를 데리고 집으로 돌아왔다. 큰어머니가 대빗자루를 들고 남자를 후려쳐 쫓아내곤 한 것이 두어 해가 된 것 같다.

그녀가 한해를 건너뛰고 집을 나가 또 남자를 데리고 집에 오자, 큰어머니는 더는 어쩔 수 없었는지 그 남자와 혼인을 시켰다. 남매를 낳고, 매형이 된 남자가 어느 날 밤중에 큰어머니를 찾아와 다른 남자와 바람을 피워서 그녀와 도저히 살 수 없다고 난리를 피우고 울면서 나갔다.

"그년이 그러는 걸 난들 어쩌겠나."

큰어머니의 긴 한숨이 묻어나는 말이었다.

제비새끼들 부리의 노란색이 거의 없어지자 새끼들은 집 가로 나와 날갯짓을 시작했다. 더불어 똥도 무지하게 싸기도 해 나는 하루에도 몇 번씩 걸레질을 해야 했다. 그러던 어느 날, 간경화로 죽은 내 친구의 집에 이사를 왔다고 50대쯤으로 보이는 남자가 떡을 한 접시 들고서 나를 찾아왔다. 그동안 나주에서 감자 농사를 짓다가 힘이 들어 팬션 사업을 하려고 여기저기 살 곳을 찾다가 이곳의 마을풍경이 마음에 들어 머물기로 했다는 것이었다. 마을 뒤 월출산 자락이 포근해서라는 말도 덧붙였다. 그러더니 물끄러미 제비집을 쳐다보더니 한마디 했다.

"제비가 곧 날겠네요."

오후에 옆집에 사는 장암아제가 와서 그 남자가 26살인 베트남 여자와 결혼을 했으며 한옥 팬션을 세 채나 지을 거라고 했다. 감자 농사로 돈을 좀 벌었다고 덧붙였다.

어느 날 아침에 제비들이 하도 시끄럽게 울어서 나가 제비집을 보니, 제비가 두 마리밖에 없었다. 한 마리는 집 끝을 발톱으로 움켜쥐고 날갯짓을 하고 있고 한 마리는 마루에 떨어져 파닥이고 있었다. 그 이유로 어미 제비가 그렇게 시끄럽게 울어댔던 모양이었다. 내가 마루에서 파닥이는 제비를 손으로 잡으려 하자 그가 날아올랐다. 그러자 어디서 나타났는지 날아가는 새끼의 좌우로 부모 제비 두 마리가 감싸듯 같이 날면서 동백나무 위로 솟구치더니 어느새 사라졌다.

태풍이 오고 난 다음 날, 심어놓은 체리나무들이 많이 쓰러져 가지들을 세워 끈으로 묶고 있는데 아들과 함께 그녀가 왔다. 10년 만에 나를 만나러. 세월이 그녀를 그리 가냘프게 만들었는가 싶게 거의 뼈만 남은 모습이었다. '잘 지내셨어요?'라는 통상의 인사에 삶이 얼마 남지 않았다며 처음 느끼는 다정스런 미소를 지으며 내 볼을 쓰다듬었다.

"나, 간암이란다. 죽기 전에 널 한 번 봐야겠더라. 종손 얼굴 못 보고 죽으면 조상들 볼 면목이 없을 것 같더라."

몇 가지 야채를 비닐봉투에 싸 아들 차 트렁크에 넣어주고 있는 사이, 그녀가 빈 제비집을 힐끗 보더니 작은방 문을 열면서 나지막이 중얼거렸다.

"나무들이 많이 컸구나. 산도 훨씬 푸르러졌고. 저 굴거리나무는 내가 심은 거란다. 항상 해가 바뀌면 새 잎을 위해 낡은 잎을 버린다고 해서. 나도 그리 살고 싶었단다."

차가 떠난 후, 그녀의 삶에 마음이 아려왔다.

그때 이장의 목소리가 방송을 타고 온 마을로 퍼졌다.

"아, 아. 주민 여러분, 이번 새로 이사 온 산 밑 집에서 돌잔치를 한답니다. 모두 축하하는 뜻으로 그 집으로 모여 주십시오. 돌 선물은 절대 사양한다고 하니 가서 맛있게 먹고 즐겁게 놀아주시기 바랍니다."

야외전축

70년대에 청소년기와 청년기를 거쳤던 우리는 불그죽죽한 플라스틱 덮개로 만들어진 포터블 전축을 기억한다. 이른바 야외전축이라는 것인데, 이것을 갖고 있던 자者는 단연 그 주변 아이들의 총아가 되었고 해적판 LP 레코드를 걸어놓고 고고(GOGO)라는, 지금 애들에겐 뭉그적뭉그적하는 게 한심하게 보이겠지만, 다가섰다 물러섰다 하는 춤으로 한 시대를 풍미했다.

그 고고음악의 불멸의 명곡들을 보면, 톰 존스(Tom Jones)의 〈Keep on Running〉(좆나게 달려라), 씨씨알(C.C.R)의 〈Proud Mary〉(워매 잘난 우리 순이), 다니엘 본(Daniel Boone)의 〈Beautiful Sunday〉(와따 존거 일요일) 등을 뽑을 수 있을 것이다.

소풍이라는 초등학교 때의 즐거운 단어는 행군이라는 군대 언어로 대체되고, 갈색 개구리 모양의 교련복을 입고, 보무도 당당하게 열 맞춰 '사나이로 태어나서 할 일도 많다만……' 이란

군가를 악을 쓰듯 부르며 도착한 소나무 그늘이 있는 큰 뫼뚱 옆에서, 터진 김밥에 김빠진 사이다를 마시고는 이 야외전축에서 흘러나오는 고고음악에 맞춰 건들건들 흐느적거리며, 다이아몬드니 개다리 춤이니 하면서 얼굴을 맞대던 그 광경이 떠오르지 않는가?

이제 야외전축은 카세트레코더나 CD 플레이어로 인해 흔적도 없이 사라졌지만, 그게 없었다면 사이먼 앤 가펑클(Simon & Garfunkel)의 〈El Condo Pasa〉(아직도 왜 달팽이보다 뱀이 되고 싶어 했는지 이해하지 못하고 있지만), 디 에니멀스(The Animals)의 〈The House of the Rising Sun〉(좀 그렇고 그런 집안이란 생각이 나는), 디 퍼플(Deep Purple)의 〈Hush〉(조용히 안 할래? 그러면서 노래는 무척 시끄럽다.) 등의 가슴 벅찬 명곡들을 만날 수 있었을까?

이 기막힌 전축이 없었다면 우리가 날마다 달콤한 아침잠을 건방지게 깨워 제끼는 '새마을 노래'를 어떻게 그저 들을 수 있었을 것이며, '위대한 지도자이며, 민족의 태양이시며, 우리의 영원한 등불 비슷한 박정희 어쩌고저쩌고' 하는 지겨운 제국주의적 깝깝하고 광기어린 땡 뉴스를 시간마다 듣고 살 수 있었겠으며, 강렬한 햇빛 속에서 나무로 만든 목총을 짊어지고 그 딱딱하고 재미없는 제식훈련을 견디어 낼 수 있었겠는가?

야외 전축 감각 cho

말이 나왔으니 말이지. 그 당시 가정에는 성실하고 아내에게 다감하고 자식에게는 자상하고 엄격한 대한민국 아버지들이 예비군 훈련 소집을 받고 개구리복만 입으면, 누구나 말 안 듣고 나태하고 잡담이나 하는 문제아들로 변해버리는 것을 통탄하는 정치인이나 장관들이 어찌 한둘이었던가?

이 자者들이야말로 예비군 훈련을 받아보지 않았던 병역기피자들이 아니었던가?

예비군이었던 우리들은 아무런 의무도 없고 도움도 없으며 생기는 것 하나도 없으면서 금쪽같은 남의 시간만을 축내는, 그야말로 생기는 것 하나 없이 시간만 죽이는 소집훈련은 정말 싫었던 것 아니었던가?

싫은 것은 싫은 것이다. 오죽했으면 내가 그 하루 6시간을 무의미하게 보내는 것이 싫어서 정관수술을 해버리고 일주일을 어기적거리며 살았겠는가?

마루를 닦으며

오늘 한 시인의 시집과 홈쇼핑 회사 쇼핑 북이 우편물로 도착했다. 마루에 앉아 겨울옷을 고르려고 쇼핑 북을 먼저 펼치다가 봉투를 뜯기만 하고 내버려 둔 시집을 바라보니 가슴이 뜨끔해졌다. 치열하게 쏟아내어 보내준 그의 마음을 외면한 것 같아서였을까. 가지 위에 앉아서 붉은 새 한 마리 검은 둥지를 바라보고 있는 표지화를 보면서, 그의 삶이 붉은 새처럼 한 곳만 바라보고 왔다는 생각에, 평생 조급한 마음으로 이곳저곳 기웃거리다가 초라한 행적만 남기고 귀향한 내가 부끄러워졌다.

마루를 낡은 수건을 겹쳐서 만든 걸레로 닦는다. 송판을 차곡차곡 이어서 만든 마루는 가끔 옹이도 보이기도 하고 결 무늬가 서로 다른 모습으로 짙은 갈색으로 변해 세월을 느끼게 한다.

그동안 게을러 닦지 않아서인지 매일 석양빛 한 조각들로 쌓였던 먼지들이 빈 거처였던 건넌방 문틈에 끼어 쥐 오줌, 쥐 터

럭과 섞여 웅크리고 있다. 부엌으로 통하는 문 옆의 마루 판자
는 옹이가 빠져 있어 들여다보니 명태눈깔이 허옇게 말라 나를
바라본다. 틈새를 채우고 있는 모습이 내 배꼽처럼 보인다. 그것
들을 긁어내고 파내고 닦으면서 나무에 새겨진 무늬들이 어느
해 추웠을 때 가늘어지고, 어느 해 가지를 내밀고 옹이가 되어
아팠을 때, 가장 아름다운 파문으로 새겨졌음을 본다.

그 아픔들을 몸속으로 삼키고 마루가 되고 나서야 드러낸, 단
단하지만 부드러운 곡선의 상처를 보면서 내 삶과 비교해 본다.
아, 나도 너처럼 아프게 살아왔지 않느냐. 이 마루의 생과 내 생
이 마주치자 바람이 불어온다. 저기 보이는 마른 풀들이 일제히
기립박수를 보낸다.

우리 집 마루를 좋아했던 여인이 있었다. 광주 근교에 사는
초등학교 동창인 그녀는 처음 우리 집을 찾아왔을 때 나와 인
사를 나누자마자 마루에 드러누웠다. 왜냐고 묻자 이렇게 넓은
마루에 드러누워 보는 게 소원이었단다. 어릴 적 자기 집 마루
는 단칸방과 고방밖에 없는 조그만 집이어서 방으로 들어가는
마루가 손바닥만 했다나. 그리고 걸레를 찾더니 샘가에 가 물
을 적셔 마루에 오르더니 걸레질을 해댔다. 그것도 마루의 나
뭇결이 선명해질 때까지. 그녀의 그 모습이 아름답고 신성하게

보여서 그날 점심을 읍내에 있는 비싼 음식점에 데리고 갈 수밖에 없었다.

그 후, 그녀는 가끔 우리 집에 와서 그 예식을 몇 번 치르고는 만족한 웃음을 띠웠다. 그러기를 몇 번, 그녀에게서 전화가 왔다. 나 이제 못 가. 나이가 들어서인지 허리가 잘 펴지지 않는다며 울먹였다. 나는 허리에 좋다는 약을 사서 그녀를 찾아갔다.

월출산에서 급히 내려온 바람이 노래진 감나무 잎을 마당에 마구 흩뿌리고 있다. 예전에 우물이 있던 자리는 어젯밤 내린 강서리에 고개 숙인 봉숭아 줄기들이 빈 그늘에 바스락거리며 내년 봄을 꿈꾸고 있다.

마루에서 쳐다보는 처마 안쪽에는 빈 제비집이 네 개나 있다. 이제 제비집을 하나씩 떼어내어야 하지만, 하나는 남겨두어야 내년에 오는 제비가 깃들 것이다. 어느 것을 남겨두어야 하나.

마루에서 바라보는 지는 해는 오늘은 유난히 빨갛다. 오늘 하루, 내 집에서 지저귀던 동박새, 까치, 참새들도 지는 해를 배경 삼아 어디론가 날아간다. 무화과잎도 어제 하루, 속절없이 뚝뚝 떨어지고 긴 가지만 시린 햇빛을 맞고 있다.

며칠 전, 친했던 친구와 다른 친했던 친구 아내가 세상을 떠났다는 소식. 어제는 외사촌 형님의 부음. 나도 이제 서서히 준

비해야 하지 않을까. 그래도 아프기 전까지는 내 뜰을 사랑해
야지.

나보다 몇 살 위인 최백호란 가수의 노래가 생각난다.

잘 가라 나를 떠나가는 것들

그것은 젊음 자유 사랑 같은 것들

잘 가라 나를 지켜주던 것들

그것은 열정 방황 순수 같은 것들

내 얼굴의 상처

내 얼굴은 두 번의 상처가 있습니다.

첫 번째는 대학 1학년 여름방학, 학과 동기와 제주도에 갔을 때였습니다. 5박 6일의 마지막은 한라산 등반이었고, 백록담에 올라섰을 때는 비가 내렸고 안개가 자욱하였습니다. 성판악대피소에 도착하여 한기를 주체하지 못하고 알코올버너에 불을 붙여 몸을 녹이고 있는 사이, 버너에 알코올이 다 되어 심지가 발갛게 타는 듯한 느낌이 왔을 때였습니다. 그때 마침 물을 길으러 간 친구가 와 버너에 알코올을 부었습니다.

펑 소리와 함께 알코올을 담은 용기는 저만치 날아가고 버너의 새하얀 불길이 내 얼굴을 덮쳤고 나는 3도 이상의 화상을 입었습니다. 이미 날은 어두워 산을 내려가지 못했던 그 밤, 하체는 추위에 떨면서 얼굴은 심한 통증과 화끈한 열기에 온밤을 지새웠습니다. 다음날 오후 늦게 제주여객선터미널에 도착하여

거울로 내 얼굴을 확인하는 순간, 주렁주렁 달린 물집들과 패인 수많은 자국에 프랑켄슈타인의 실물을 보았습니다. 사람의 화상 입은 냄새가 닭 굽는 냄새와 비슷하다는 것도 그때 알았습니다.

　두 번째는 초콜릿으로 케이크 데코레이션 장미를 만들어 일본으로 수출하는 회사에 근무할 때였습니다. 어느 늦여름 내 친구와 일본에서 출장 온 이와 나, 셋이 선상낚시를 갔었습니다. 겨우 붕장어 몇 마리 잡았을 무렵, 느닷없이 심한 바람과 함께 소나기가 내려 낚시를 그만 둘 수밖에 없었고, 쫄딱 젖은 몸을 포니2 승용차로 되돌아오는 도중이었습니다. 운전은 일본인이 하고 나와 내 친구는 히터의 열기에 잠이 든 상태였습니다. 일본인이 숙소가 보이는 곳에 다다르자 긴장이 풀리면서 졸았나 봅니다. 차는 그대로 가로수를 들이받고 조수석에 자고 있던 나는 이마로 앞 유리를 깼고 그 충격이 아래로 쏠리면서 깨진 뾰쪽뾰쪽한 파편 속으로 얼굴을 묻고 말았습니다. 지나가던 다른 차를 겨우 얻어 타고 도착한 '강진의료원'은 하필 일요일이어서 의사는 혼자 근무하고 있었는데, 안과 전문의였습니다. 벌써 썩어가는 눈 주위와 뺨의 부위를 그 의사는 서투른 봉합수술로 4시간에 걸쳐 마취도 하지 않고 50여 바늘을 꿰맸습니다.

수술이 끝나자마자 거울을 본 순간 또 다른 프랑켄슈타인이 거기 있었습니다.

이 글을 읽은 당신은 이제 나를 만나면 내 얼굴을 힐끔힐끔 쳐다보면서 분명히 상처를 확인하려고 애를 쓸 것입니다.

아천댁

5월 중순이 오면 우리 동네 봄날 아침은 늘 트랙터 소리로 요란하다. 이제 논에 모를 심어야 할 시기가 돌아와 논흙을 갈아엎고 반반하게 써레질을 해야 하기 때문이다. 예전에는 쟁기나 경운기를 이용하여 했던 논일이 그보다 몇십 배 몇백 배 능률이 빠른 트랙터로 대체된 지는 꽤 오랜 일이다. 더구나 동네 남자들은 몇 십 년 전만 해도 일과 술에 절어 환갑이 되기 전에 거의 이 세상을 떠나갔기에, 봄이 오기 전 마을회관에 가서 보면 주름이 가득한 여인들만 10원짜리 삼봉을 치고 있으니 말이다.

아천댁은 날이 밝자 여느 때처럼 다리를 절뚝거리며 마을을 휘돌아 30여 호 되는 집들의 안부를 확인하고 농수로 옆 자신의 텃밭으로 향했다. 300평 남짓한 밭 한쪽에는 작년에 심어놓은 마늘과 양파가 잎들을 햇볕에 그을리며 거의 익어가는 중이고, 그 옆 감자는 하얀 꽃을 피웠다.

"꽃을 따야 하는데."

그녀는 혼잣말을 뇌까리며 고개를 왼쪽으로 돌려 비닐터널을 씌운 고추밭을 바라보았다. 600여 포기 고추들은 이제 동그랗게 뚫어놓은 비닐천장 밖으로 고개를 내밀고 있었다.

'내일은 역병약을 해야겠다.'

그녀는 구부러진 허리를 펴며 오른손으로 등을 두드렸다.

그 옆은 구멍이 여러 개 뚫린 비닐로 멀칭을 한 구멍 사이로 참께 순들이 고개를 내밀고 있다. 그것들은 나중에 어차피 한 개만 남고 뽑힐 것이다. 또 그 옆은 고구마를 심을 두둑이 길게 자리 잡고 있다. 그녀는 며칠을 거쳐 삽으로 고랑을 파고 그 흙들을 쳐올려 이랑을 만들었다. 그녀의 집 오른편 구석에는 두엄을 깔고 심어놓은 고구마에서 자색 순들이 어느 정도 자라고 있을 것이다.

그리고 마늘과 양파를 캐내면 그 자리에 겨울에 수확할 감자를 심을 것이고 하지감자를 캐낸 곳은 콩을, 참깨를 수확하면 그곳에 다시 마늘과 양파를, 고추를 한 자리에는 배추와 무를 심을 것이었다.

지금 밭둑에는 단호박과 방석호박이 막 줄기를 뻗치며 마늘과 양파가 있는 곳을 노려보고 있는 중이다. 그녀는 똑같은 방식으로 십수 년째 이 밭을 갈고 있다. 하긴 그녀가 짓고 있는 농사일은 이 마을 모든 여인네들도 다 똑같아 어느 밭을 보나 그 작물들로 가득했다.

어차피 작수골 밑에 있는 다섯 마지기 논은 농협에 위탁을 맡겨버린 상태라 곁을 지나가는 농수로 물만 채워주고 논둑에 제초제를 뿌려주면 될 것이다.

작년 가을에 99세로 돌아가신 감산할머니 생신날은 하필 한여름이었다. 췌장암에 걸린 남편과 함께 요양차 고향으로 내려온 막내딸 순심이가 마을회관에서 생신을 축하하는 점심상을 차리고 마을사람들을 초청했다. 기력이 쇠한 감산할머니를 구석에 앉히고 마을사람들은 에어컨 바람이 휘휘 도는 와중에서도 땀을 뻘뻘 흘리며 모처럼만에 차려진 음식을 열심히 탐했다. 거기다 소주 몇 잔이 들어가자 여기저기에서 말들이 쏟아졌다.

"와따, 올해 엄마나 가물었는지 풀들도 안 나대."

"나는 콩 심은 자리에 콩은 안 나고 쇠비름만 환장하던디?"

"달구새끼들이 고추 쬐깐 딸라고 왼종일 밭에 있었더니 겁나 더웠는가 두 마리나 죽어부렀당께."

그때였다. 술만 거푸 마시고 있던 아천댁이 소리를 꽥 질렀다.

"염뱅들 하네. 그것이 뭔 벨 일이라고. 내 꼬치밭은 탄저가 와갖고 다 죽게 생겼구만."

그러더니 구석에 조용히 앉아 있는 감산할머니를 손가락으로 가리키며 악다구니를 써댔다.

"저 할망구 땜시여. 내가 하필 여그를 지나가고 있는디 바로 내 앞에서 엎어져 가꼬 병원에 데꼬 가니라고 약을 못했당께. 영감 산 만큼 더 살았으먼 빨리 죽어야지 멀라고 옆에 사람 성가시게 항가 몰러."

갑자기 온 방이 조용해지고 모든 사람들의 눈꼬리가 그녀에게 향했다. 그녀는 그때야 상황을 의식했는지 혼잣말처럼 목소리를 죽였다.

"하긴 내도 그라제. 남편이라고 생겨먹은 썩을 놈의 새끼가 새끼들을 아홉 명이나 퍼질러놓고 술 퍼먹다 디지고 나서 나도 그 곱절이나 살고 있응께."

다음날부터 감산할머니는 그 말에 충격을 받았는지 대소변을 가리지 못한다는 말이 들려왔다. 그리고 며칠 후 감산할머니는 삼베저고리에 시집 올 때 가지고 온 달개비꽃 색깔 치마를 입고 요양병원으로 실려 갔다. 그리고 두 달 후, 결국 100세를 채우지 못하고 돌아가셨다.

아천댁은 그 다음날, 오른쪽 다리를 질질 끌며 칠게처럼 모로 걷기 시작했다. 병원에 갔더니 무릎 연골이 다 닳아서 그렇다는 것이었다. 그때부터 그녀는 광암댁과 영곡댁처럼 유모차를 사서 밀고 다니기 시작했다. 그래도 악착같은 면이 있어서 고구마

순을 따서 유모차에 싣고 장에 가 팔려다 마을 어귀 논둑길에 엎어져 노랗게 익어가는 벼를 한 움큼 붙잡고 거기다 코를 박고 말았다. 하필 뾰쪽한 돌이 하나 있어 얼굴 반을 긁힌 덕분에 며칠 모습을 볼 수가 없었다.

아천댁은 지금 집에 없다. 며칠 전 그녀도 감산할머니처럼 읍내에 있는 요양병원으로, 목포에서 택시운전을 하는 큰아들이 보내고 말았다. 다리의 통증이 점점 심해져 겨우 마루에 엉금엉금 기어 나와 막 강아지티를 벗은 백구나 바라보다 다시 방안으로 들어가는 상태가 되었기 때문이었다. 그녀 집을 지나치다가, 가끔 들른 큰아들이 백구에게 밥을 주고 있으면 나는 그녀의 근황을 묻곤 한다. 어떠냐고 물으면 맨날 밭 걱정밖에 안 해요 하고 웃으면서 얘기한다. 벌써 이 동네여인들이 세 명이나 요양병원에 계신다. 올해는 영곡댁이 위험하다. 물리치료를 해도 허리 통증이 점점 심해진다고 한다.

우리 집 풍경

내가 초등학교 들어가기 전으로 생각되니까, 내 나이 대여섯 살쯤인가 보다. 우리 집을 가졌다. 그것도 흙벽으로 된 초가집을.

서울에서 푸른 삶을 펼칠 꿈을 가지고, 어머님과 어린 나, 그리고 두어 살 된 동생을 데리고 뚝섬에 도착한 아버님은, 그해 겨울의 혹독한 추위 땜에 간신히 만든 판잣집에서 겨우 동사(冬死)를 모면하고 1년 만에 고향으로 돌아와 버렸다. 아주 어렴풋이 아버님이 판잣집을 고치거나 나무로 만든 탁자에다 이불을 깔고 잤다거나 밭에서 채소를 돌보고 있는 어머님의 생각이 나지만 사진처럼 정지된 장면만 기억될 뿐이다. 그것도 달랑이 세 컷뿐.

여러분이 나의 글을 읽으면서 혼동된 부분이 있을지 모르겠다. '고구마'처럼 일상적인 가난함을 이야기하다가도 '목화밭'처럼 베를 짜는 과정의 고단함을 이야기할 때도 있으니까.

사실은 이렇다. 당시 우리 큰집은 7대 종가집으로 이어오면서 논과 밭이 꽤 있었고 집도 안채와 사랑채로 나누어져 있어 그럭저럭 살만한 집안이었지만 큰아버님이 자식 생산을 못하셔서 내가 늘 큰 집에서 살다시피 하였고 겨울엔 할머니 품속에서 잔적이 많았던 그런 어린 시절을 유지하였기 때문인 것이었다. 그래서 어릴 적 집에 대한 개념은 항상 두 집이 혼재되어 표출되곤 하기 때문이다.

지금은 내가 모든 제사나 명절상, 시제를 모시고 있고 그 집으로 귀향하여 살고 있다.

그다음 해 봄.

큰 집에서 서남쪽으로 150여 미터 떨어진 까끔-이게 사투린지 모르셨으나 마을 주변의 조그만 숲 정도?- 귀퉁이를 깎이 마당을 만들고, 까끔 가운데 높은 곳을 헐어 지게로 날라 물에 갠 황토를 동네 사람들이 떡매로 치고 다듬으며 벽을 쌓아갔다. 벽이 완성되자 그걸 네 칸으로 나누고 맨 왼쪽은 부엌, 가운데는 마루와 큰 방, 오른쪽 뒤쪽은 고방, 앞쪽은 작은 방을 만들었다. 대를 엮어 황토를 덧씌우고 볏짚으로 지붕을 얹었다.

부엌에서 20여 미터 떨어진 곳에 큰 항아리를 묻고, 판자 두 개로 발판을 만든 다음, 어른 팔뚝 정도의 소나무 세 개를 삼발이 형태로 세운 뒤 대나무로 엮고 볏짚을 덮어 선사시대 주거 모양으로 측간을 만들었다. 부엌 앞마당에 잔돌로 장독을 만들고, 물은 큰 집에서 길러다 먹었다.

초기엔 그것이 전부였다. 차츰 측간 쪽에 집을 지어 측간과 돼지우리, 헛간을 두었고 작은 방 옆쪽을 달아내 군불용 나뭇가지를 모아둔 창고를 지었고, 장독 옆에다 물을 쏟아내는 뽐뿌를 묻었다.

초등학교 4학년 땐가 전기가 들어왔고 둘째 동생이 태어났다. 그리고 나는 초등학교를 졸업하고 광주로 유학 갈 때까지 거기서 살았다.

내 남동생이 측간에서 볼일을 보다가 똥통에 빠져 건져낸 일이나 여동생이 비가 많이 온 뒤 냇가로 나가 걸레를 빨다가 떠내려가 죽을 뻔한 일이나 집안일은 거의 몰랐던 아버님이 어머님이 안 계실 때 돼지에게 하루 내내 죽재 한 바가지만 주었다가 배고픈 돼지가 우리를 뛰쳐나가 온 동네를 헤매며 잡으러 다녔던 일.

2025 cho

유년幼年 시절의 추억은 우리 집 마루에서 날마다 바라다보았던 석양의 노을이다. 서편 잔등 저편으로 넘어가는 해는 가뭄이 심할 때는 핏물처럼 새빨갛고, 우기 때 어쩌다 보는 해는 너무 맑아 노란색에 가까웠다.

노을 색이나 해의 크기가 늘 달랐던 것처럼 추억도 어떤 것은 깊고, 어떤 것은 얕고 바랜 사진첩 같은 것이다.

마을 서쪽 외딴집 하나. 고구마밭 건너 조그만 내가 흐르고 동네 아이들이 늘 다니던 학교길이 있고 고개를 돌리면 월출산이 병풍처럼 둘러쳐 있는 그곳.

해가 지고 어둠이 오면 어머님이 끓여주셨던 수제비를 먹고 동생들과 평상에 누워 별빛만으로 충분히 환한 하늘을 보며 저것은 큰 곰, 저것은 작은 곰, 은하수, 견우, 직녀, 샛별, 북극성, 북두칠성, 오리온, 카시오페이아를 늘상 가리키다 저 별은 내 별, 명순이 니 별은 저 별, 석용이 니 별은 저 별, 아니야 아니야, 저 별이 내 별이야, 어떤 것, 저 큰 것 하다 그만 잠들었던 그곳.

지금 돌이켜 보면 이 세월을 살아오면서 가장 순수하고 행복했던 시절이었다.

혈血의 누淚

그녀의 나이는 51세. 혼자 사는 우리 동네 여인들 중에서 가장 젊어. 그녀는 요양보호사로 함평에 있는 한 요양병원으로 일주일에 서너 번 출근하고 있어.

지난여름, 마을회관에서 점심을 차려, 나와 동네 남자들이 열심히 밥을 먹고 있는 밥상머리에 그녀가 살짝 내려간 바지 사이로 커다란 엉덩이가 갈라진 곳을 내비치며 털썩 주저앉더니, 옴마 그놈의 고롱(멀구슬)나무가 엄마나 지붕을 덮어 불던지 못 살 것이라 잘라 불고 싶은디 어싸넌 좋까라, 하며 고개를 뒤로 돌리며 우리를 쳐다보더라고. 그 은근한 눈빛에 밥 먹던 남자들이 서로를 쳐다보고 있는데 장암아제가 석구 니가 기계톱 있응게 한번 좃아부러라 하여 그 다음날 하루 종일 나무를 베어낸 덕분에 그녀와 가까운 사이가 되었지.

일이 끝나고 그녀가 내온 술상에 마주앉아 이런저런 이야기를 나누며 내가 그녀에 대해 알아낸 것은 남매를 낳고 남편의 주사와 바람기 때문에 마흔이 되기 전에 이혼했다는 것. 그러면 지금까지 계속 혼자였냐고 물어보니까 장흥에 있는 자기보다 스무 살이 많은 건축 사장이 월 백만 원씩 부쳐주고 자신이 가끔 그 남자에게 간다고 하였어. 나이 칠십이면 그것도 못할 것인데 참 고마운 사람 아니냐고 했더니 그런 소릴 하들 말어 하면서 뭔 놈의 양기에 좋다는 약이나 고 낸 것은 있는 대로 처먹어서 밤새 자신을 잠 못 자게 한다고 그러더라고.

그 후, 그녀는 가끔 해질녘이면 소주와 간단한 안주를 들고 나를 찾아왔어. 그리고 마루에 앉아 해가 지는 모습과 그 주위의 구름이 해에 물들어 천천히 흘러가는 모습을 바라보며 술을 마시곤 했지. 그녀는 어딘가 늘 아픈 듯한 표정을 보여주고는 했는데 이유를 물었더니 자기한테는 신기神氣가 있대. 그런데 평생 당골네로 살기 싫어 받아들이지 않고 사니까 그런다는구만. 그녀는 우리 집 마루를 그렇게 좋아했어. 동백나무 사이로 해가 지고 잠깐 머물고 있는 노을이 그렇게 아름다울 수 없다는 거야. 어스름이 몰려오면 무슨 볼 일이 있는 양, 서둘러 자기 집으로 돌아갔지.

아마 낮에도 안개가 드문드문 남아있는 날이었을 거야. 느닷없이 그 한낮에 나를 부르더라고. 읍내의 찻집에 내가 들어가자

마자 눈물을 살짝 비치더니 오마 세상에 예수 믿은 놈이 더 염병하드라면서 침까지 내게 튀기면서 말을 하기 시작했어. 새벽에 병원 가려고 문 열고 밖을 보니 안개가 보통이 아니어서 자신과 교대할 근무자에게 안개가 너무 끼어 밤 근무에 가면 어쩌겠냐고 전화를 했더니 꼬라지를 내더래. 오늘 즈그 남편과 서울에 있는 아들 새끼 보러 가야 한다고. 쓰발, 십 년째 공무원 시험 본다고 고시원에 박혀있는 놈 반찬 가지고 간다나? 할 수 없이 거의 몇 미터 보이지도 않는 안개 속을 헤치며 자신의 낡은 모닝을 몰고 서영암 톨게이트에 접어드는데 뭐가 쿵 하고 받히는 느낌이 오더라는 거야. 나가봤더니 검은색 차가 멈춰 있는 모습이 보여 살펴보는데 한 중년 남자가 차에서 욕지거리를 하면서 내리더니 나중에는 여자가 집에나 퍼 있어야지 이 안개 속에 뭐 하러 차를 몰고 다니냐며 손가락질을 하더래. 그래도 자기 잘못이기에 출근하느라 그랬다면서 미안하다 하고 차를 살펴보는데 뒤의 범퍼가 약간 찌그러져 있더래. 그런네 차가 BMW였다나? 그리고 명함을 주는데 어디 교회 목사라고 쓰여 있었대. 무슨 놈의 목사나 되는 자가 그렇게 욕을 잘하는지 즈그 아버지 예수가 듣고 있으면 어떻게 바라볼까 하는 생각이 들 정도였다는 구만. 시간이 없으니까 차를 정비소에 맡기고 비용을 이야기하면 처리하겠다고 달래서 간신히 헤어지고 차를 모는데 그렇게 서운하더래. 그래서 그냥 차를 돌려 집으로 와 버렸대. 근무자에게서 전화가 수십 통이 와도 받지도 못하고.

그런데 아까 목사에게서 전화가 왔는데, 범퍼를 교환하는데 200만원이라고 하더라나? 그것은 그럭저럭 이해를 하겠는데 더욱 가관인 것은 뒷좌석에 앉아있던 자기 마누라가 충격에 목이 꺾여 병원에 입원해 있다나? 분명 그 당시에 그 놈 마누라가 차에서 나온 적도 없었고 뒷좌석에 움직임이나 말소리도 없었다는데. 진한 썬팅과 자신의 부주의를 그놈이 교묘하게 이용한 것이 아닌가 하는 생각뿐인데 미치겠다는 거야. 그리고 마누라 병원비용으로 300백만 원을 더 주라고 하더라는 거야.

그녀가 왔어. 그 후 통 연락도 없던 그녀가. 그것도 한 삼일 비가 는개로 내린 후. 아침에 서리가 하얗게 내려서 무화과 잎이 거의 다 떨어진 다음날 해질녘. 예전처럼 봉지에 소주와 안주를 담아가지고. 마루에서 보는 해는 선명하고 푸른 하늘과 맞닿은 은적산 위에서 약간의 노란 빛을 머금고 빨갛게 머물러 있었어.

소주잔을 입으로 가져가더니 한 번에 들이켜고 나서 그냥 신을 받아들일까 봐 하고 혼잣말처럼 중얼거리더군. 그러더니 오빠가 나를 받아주면 같이 살 수도 있는데 하며 웃었어. 미쳤니? 하며 어깨를 툭 치며 어이없는 표정으로 그녀를 바라보며 너에게 돈을 보내준 남자한테 가라고 했더니 슬픈 표정을 지으며 그 남자 기가 다 빠져 병원에 있는 중이고 돈도 안 보낸 지 두 달이 됐어 하는 거야.

이번에는 어느 암자에 있는 여승 주지가 자기를 죽인다며 이야기를 하기 시작했어. 그제 집에서 쉬고 있는데 군청에 근무하는 친구에게서 연락이 왔대. 농업기술센터 근처에서 항공레저 축제가 있대. 그래서 그 내용의 깃발을 군데군데 전봇대에 꽂는 작업을 해야 하는데, 비가 와 공익근무요원들이 몇 명 나오지 않아 도와주라는 연락이었대. 아픈 몸을 이끌고 우비를 단단히 입고서 군청 트럭에 올라 그 작업을 하러 간 곳이 하필 서영암 톨게이트 쪽이었다나?

전봇대에 깃발을 꽂으려면 트럭 짐칸 위에 의자를 놓아 발꿈치를 들고 해야 겨우 할 수 있는 작업이었는데 거기에 이미 다른 깃발들이 꽂혀있는 경우가 대부분이었대. 오래 된 깃발은 잘 빠지지 않아 집게를 이용해 뽑는데, 그것도 그리 쉽지가 않아 힘껏 잡아당기면 깃발이 포물선을 그리며 뒤쪽으로 날아 떨어지는 경우가 많았대. 그런데 그때 하필 AUDI 검은 승용차가 지나가다가 그 깃발에 맞은 거야. 비는 추적추적 오고 빨리 작업은 끝내야 하는데 그런 일이 벌어진 거지.

승용차가 멈추며 내린 사람은 의외로 여승이었대. 여승은 말없이 트렁크를 열어 먼지털이를 꺼내더니 차 앞문을 열고 거기에 올라서서 차 지붕을 닦더라는 거야. 혹시 깃발에 상처 난 곳을 찾으려고. 그러면서 이 차 비싸요 견적 깨나 나올 거요 하면서. 중생을 구제한다는 스님이 그런 모습을 보이자 갑자기 구역질이 나더라는 거야. 여승은 계속 지붕을 닦으면서 눈을 부라리며 흠집을 찾더니 여기 있네 하더니 손톱으로 가리켰대. 가서 보니 에구머니나 썩은 들깨 모양의 흔적이 아슴푸레 찍혀 있었대. 그냥 갈 줄 알았던 여승이 그러더래. 도색을 해야 하니까 정비소에 가면 연락할 겁니다. 주는 명함을 보고서야 어느 암자의 주지라는 걸 알고 가슴이 무너져 내리더라는 거야. 어찌하여 그 조그만 흠집도 이해하지 못하는 사람이 저런 자리에서 사람들에게 포교하며 인자한 웃음을 지을까 하며.

다음날 여승에게서 연락이 왔는데 도색 비용이 오백만 원이라나? 그때는 보지 못했는데 뒷문 손잡이 파인 곳에 긁힌 자국이 5cm나 또 있더라는 거야.

무슨 놈의 세상이 이래? 아마 내 속에 있는 신이 나한테 이런 시련을 주는 걸까? 아니겠지. 이건 신들의 농간이라기보다 인간이란 것들이 탈을 쓰고 하는 짓이야. 이제 내 수중에 돈도 없어. 살아야 하는데 죽고 싶어. 나 함평의 요양병원 옆으로 이사 갈 거야. 이제는 내 차도 보기 싫어.

그녀의 눈에 눈물이 보이더니 어느새 뚝뚝 떨어지기 시작했어. 그때 해가 막 은적산으로 빨려 들어가고 있었지. 그녀의 방울방울 떨어지는 눈물이 어찌나 맑을까 하는 느낌이 들면서 그 눈물 속에 붉은 해와 붉은 노을이 한가득 아롱져 있었어.

*덧붙임; 불행은 늘 쓰나미가 되어 온다고 했던가. 이 글을 쓰고 몇 달 뒤, 그녀의 소식을 들었는데 유방암 4기라고 했다. 알음으로 병원을 찾아갔더니 항암치료로 머리칼이 하나도 없고 몰골은 너무 앙상하여 차마 바라볼 수가 없었다. 이제 자기를 볼 수 없을 거라며 어느 산골에 홀로 사는 아는 언니 집으로 피접을 갈 거라고 했다.

내가 태어난 집

　지금 나는 내가 태어난 방에서 이 글을 내몰고 있다. 환갑 때 다시 이곳으로 온 뒤, 집수리와 집 주변을 정리하느라고 6개월을 보냈다. 집 주변에 널브러져 있던 스티로폼과 각종 파이프, 크고 작은 돌맹이들을 따로 모으고 내 키보다 더 커버린 잡초와 잡목들을 걷어내고, 동백나무나 산수유 등 제멋대로 커버린 울타리용 나무들의 가지치기를 하고 나니 여름이 되어 있었다.

　비워진 집은 문들의 창호와 창문들이 묵은 때로 절여 있었고 벽지들은 크레용이나 그림물감 등으로 어지럽게 갈겨져 있었다. 바깥벽은 회벽이었는데 하얀 회가 떨어져 나간 부분이 여러 군데 있었고 거기도 추상화를 그린 듯한 물감 자국들이 너무 많아서 다시 흰색과 흙색 페인트로 칠해야 했다. 몇 년 된 빈 집의 전형이었다.

　또한 처음 농사를 접한 나는 2000평이 넘는 밭에 무엇을 심을지도 가뭇하였고 주위 분들이 가르쳐준 대로 콩을 심었으나

콩과 함께 자라는 바랭이, 쇠비름, 명아주, 방동사니, 나팔꽃, 풍
년초 등 수많은 잡초를 어찌할 수가 없었다. 그해의 수확은 아
무것도 없었다.

이 집에서의 기억은 너무 어릴 적이어서 거의 생각이 나지 않
는다고 봐야 할 것이다.

집 주변으로 대나무가 가득하였고 소나무도 몇 그루 있던 기
억이나 지금 저온 창고로 변한 자리에서 동네 아주머니들이 디
딜방아를 찧고 있던 기억, 할머니가 부엌방에서 계셨는데 밤중
이면 베를 짜고 있던 기억.

아래채는 할아버지가 방이었지만 6.25 때 돌아가셔 일꾼 방으
로 변하여 일꾼이 짚으로 바구니나 덕석, 새끼를 꼬고 있던 기
억, 어느 가을에 떨어진 감을 줍다가 대나무를 낫으로 베어낸
곳에 넘어졌는데 그만 왼손바닥이 거기에 찔려 크게 찢어져 마
구 울었던 기억. 그 상처는 지금도 크게 남아 있어 생명선을 키
운 거라고 애써 자부하고 있다.

그리고 사랑채에는 소 마구간과 그 뒤편으로 측간이 있었고,
나는 그 측간이 무섭고 가기 싫어 늘 할머니를 불러내야 했던
기억. 남쪽 마당 가장자리에 우물이 있었고 우물을 바라다보면
내 얼굴과 파란 하늘이 우물 속에 담겨 있던 기억. 참 그때의 여
자들은 거의 흰 저고리에 검은 치마를 입었다.

그때 우리 집은 지금 추측하자면 큰방에는 큰아버지와 큰어머니, 정지방에는 할머니와 둘째 큰아버지와 둘째 큰어머니가 낳은 내 사촌 형과 사촌 누나, 문만 열면 바로 목백일홍이 보이는 작은방에는 아버지와 어머니 그리고 나, 사랑채에는 삼식이라는 일꾼이 살고 있었다. 큰아버지와 큰어머니는 자식 생산을 하지 못하여 늘 나를 부러워하셨을 거라고 생각되며, 둘째 큰아버지는 6.25 동란 때 행불되어 아직 젊은 나이로 교사를 하고 있던 둘째 큰어머니가 다시 시집을 가는 바람에 사촌 형과 누나가 할머니와 같이 있을 수밖에 없었을 것이다. 고모는 세 분이 계셨는데 내가 태어날 때 다 시집을 가고 없었다. 그리고 내가 두 살이 되고 내 여동생 명순이가 태어났다.

할머니는 나를 '갑이야'라고 불렀는데 자신의 환갑 때 내가 태어났다고 그렇게 불렀다고 했다. 할머니에게는 내가 얼마나 귀한 손자였겠는가. 우리도 갓 태어난 아이를 바라보고 있으면 그 귀여운 모습을 보며 한없이 바라보고 싶은 마음이 생기지 않던가. 할머니는 곳간에 간수해 놓은 곶감이나 떡, 참외나 오디 등을 큰어머니 몰래 내 손에 쥐어주곤 하셨다.

아련하고 흐린 기억도 아름다운 것이다. 마을을 휘감아 흐르는 냇가에서 또래들과 물장구치고 냇가 둑을 달리던 시절이 왜 그립지 않겠는가.

나는 이 큰집이 다 돌아가거나 떠나고 오직 큰어머니 혼자 계시다 시름시름 아파서 내가 잠깐 보살피고 있을 때, 사랑채가 이제 너무 낡아 쓰러지기 직전에 굴삭기를 불러 없애고 말았다.

3부

고주孤酒

고주孤酒

　저 어딘가에서 구급차 소리가 들리더니 점점 가까워지고 있다. 또 동네 한 분이 몸에 이상이 왔나 보다. 요새는 한 달이 멀다 하고 저 소리를 듣는다. 나하고 열다섯에서 스무 살 정도 차이가 나는, 내가 동네 분들을 인식하기 시작한 다섯 살 언저리였을 때, 갓 시집을 오거나 새댁이었던 분들이 이제 동네에 열 분 남짓밖에 계시지 않는다. 그리고 거의 일 년에 한 분 정도 요양병원에 가거나 거기서 돌아가시고 나서야 동네를 한 바퀴 돌고 난 다음에 남편 곁으로 간다.

　며칠 전, 이상하게 몸이 내려앉을 것 같은 느낌이 오기 시작하더니 온몸의 뼈가 욱신거리고 기침이 나오고 열이 나기 시작했다. 그날 오후에는 방과 후 강의도 있어서 처진 몸을 추스리며 간신히 학교로 차를 몰고 가는 도중에 광주에 있는 친구에게서 전화가 왔다.

"잘 사냐?"

"그럭저럭."

"그럼 됐다."

친구는 그리고 전화를 끊어버렸다. '싱거운 놈'하고 생각하다 차를 하마터면 길가 멀구슬나무에 부딪힐 뻔하고 말았다. 갑자기 눈앞이 아득하더니 정신이 하애졌기 때문이었다. 나는 정신이 돌아올 때까지 한참을 거기에 머물러 있을 수밖에 없었다.

학교에서 집으로 돌아오는 길에 나는 집에 소주가 떨어졌다는 생각이 문득 들었다. 도중에 집으로 가는 길을 지나쳐 읍에 있는 가게로 가 소주를 샀다. 몸살 기운에 온몸이 저리고 내려앉는데도 바로 옆 약국에서 감기약 살 생각은 전혀 하지 않았는지 지금 생각해도 이해가 되지 않았다. 그날 저녁, 나는 소주 한 병을 마시고 신열을 버티며 밤을 지냈다.

나는 서의 날바다 밤이 되면 혼자 저녁을 먹으며 소주를 마신다. 이러한 습관이 얼추 20년 이상은 된 것 같다. 처음엔 기나긴 밤을 멀뚱거리며 지새우기 싫어서 잠을 빨리 자기 위한 기대였다. 하지만 이것이 습관이 되면서 이제는 소주가 없으면 그 시간이라도 사 가지고 와 마셔야 하는 일상이 되고 말았다. 그날의 하루를 되새기면서. 외롭다는 핑계로.

사실 이러한 습관이 없었다면 지금까지 혼자 산다는 건 기대하기 어려웠을지도 모른다. 아무리 친구들과 만나서 사는 처지와 주변 이야기를 나누고 집에 돌아와 누워도 긴 밤의 뒤척임을 어찌하지 못했으리라.

이제 저녁 차림은 국이나 찌개가 없어진 지 오래가 되었다. 이곳에 처음 잠자리를 마련했을 때만 해도 나는 국이 없으면 밥을 먹지 못할 정도로 국을 좋아했다. 특히 된장국을 좋아해서 서투른 솜씨지만 다음 해 말(馬) 날이 되는 어느 날 키운 콩을 삶아 메주를 띄웠다. 하지만 날마다 혼자 국을 끓여 먹는 게 쉬운 일인가. 끓여놓은 국은 며칠이 되면 시어져 버려야 하고 같은 국을 계속 먹는 일이 지겨워져서 그냥 버릴 때도 많았다. 거기다 소주 안주도 하나쯤은 곁들여야 하니 점점 식탁의 그릇 수가 줄어들었다. 하여 지금은 반찬가게를 여자친구에게서 가져온 배추김치, 열무김치가 반찬이고 한꺼번에 10인분 정도 밥을 해서 햇반 용기에 담아 냉동실에 열려 랜지로 데운 밥과 프라이팬에 볶은 고기와 소주 한 병이 대부분의 식탁 차림이다.

오늘도 구급차 소리가 요란하다.

한 달 전, 가끔 바둑을 두며 지내는 면사무소 옆에서 작은 식당을 하는 손사장에게서 저녁 무렵 전화가 왔다.

"어이, 바둑 두러 와."

손사장과 식탁 구석에서 바둑을 두고 있는데 누군가 방문을 열고 들어왔다. 물방울 무늬 원피스를 입은 여인은 미소로 인사를 하며 손사장 곁에 앉았다.

"인사해. 내가 전번에 이야기했던 사람이야. 목포에서 식당 할 때, 옆집에서 가게를 해서 잘 아는 사이야."

그녀도 지금은 혼자라는 것. 아들 하나 있지만 결혼해서 다른 곳에서 살고 있다는 것. 나이는 환갑이고 엄청 부지런하다는 것. 나중 손사장이 일러준 그녀의 이력이었다.

다음날, 손사장과 집에 왔길래 저온 창고에 저장해 놓은 마늘 한 접을 주자 고맙다며 마늘심을 때 심어 주겠다며 꼭 부르라고 했다.

나는 한 달째 그녀에게 전화를 할까 말까 망설이는 중이다. 친구처럼 지내자고 했지만 어쩌면 그녀를 책임져야 할 상황이 올 수도 있는 것이고, 그녀가 내 곁에 있으면 이제 혼자 먹고 마시는 일상이 줄어들 것이다.

그동안 혼자라는 삶에서 벗어나기를 얼마나 소망했던가. 그렇지만 하고 싶은 일을 결정하고 실행하고 마무리하면서 간섭이란 굴레를 벗어던져 내 나름의 성취도 많았지 않았던가.

어떻게 할까. 오늘도 나는 혼자 소주를 마신다.

귀향의 케렌시아

글을 쓰지 않아도 감은 익고 그림을 그리지 않아도 모과는 익는다. 노래를 부르지 않아도 검정콩은 껍질이 노래지고 하루 내내 말없이 있어도 사과는 빨갛게 물들고 있다. 올가을은 지금 이렇게 가고 있다.

이제 순들이 조금씩 나고 있는 마늘밭에 저마다 먼저 영역을 키워가는 쇠비름, 명아주, 바랭이, 방동사니를 뽑으며 이들과 함께해 온 7년을 돌아다본다. 이들은 다들 꽃이 피고 조금만 방심하면 씨를 바가지로 땅에 흩뿌리는 습성을 가진 풀들이어서 반드시 꽃이 피기 전에 뽑아주어야 한다. 또 이들은 겨울만 제외하고는 봄부터 가을까지 제멋대로 씨앗이 발아되는 풀들인지라 같이 세월을 보내야만 한다. 하지만 이들은 1년마다 젊어지고 나는 1년마다 점점 몸이 무겁다.

한밤중에 오줌이 마려워 일어나는 일이 지금은 거의 일상이 된 지 오래다. 감나무 밑에다 오줌을 누면서 달을 바라보며 달처럼 여전히 혼자라는 처지를 한숨으로 느낄 때, 내게 다가왔던 인연들을 다시 그려본다. 멀어지고 잊힌 인연도 있고 지금도 이어가는 인연도 있다.

옥금이는 내가 처음 이곳으로 내려왔을 때, 진도에 사는 후배에게서 데려온 개다. 데려온 지 6개월이 지났을 때 6마리의 새끼를 낳았고, 사료비가 늘 걱정이어서 주점이나 음식점에서 남은 음식물을 갖다 주었더니 그 이듬해부터 매년 장염에 시달리기 시작했다. 올해도 어김없이 몇 개월을 장염을 앓고 있다가 여느 때처럼 가을이 오자 나아가는지 코에 물기가 오르고 있다. 썩을 년.

초등학교 친구 중 하나는 새 품종의 나무를 어느 정도 키워 그런 일을 하는 이들에게 파는 일을 한다. 몇 년, 블루아이스라는 나무로 상당한 돈을 벌고 있다. 또 다른 친구는 방조제를 막은 벌판에 물을 공급하는 파이프 공사를 여태껏 하면서 먹고 산다. 일주일에 두세 번 우리 셋은 만나 술잔을 기울이며 각자 주변의 일이나 사람들의 이야기를 주고받으며 웃고 지낸다.

우리 집에 가끔 찾아오는 여인네들도 있다. 읍에서 음식점을 하는 김여인은 우리 집에 왔다가 동백나무에 반해서 요즘은 일주일에 한 번은 찾아와, 가지고 온 음식을 같이 먹는다. 지금은 내게 관심을 보이지만 나는 간섭을 받으며 같이 산다는 게 두려워

그냥 지낸다. 같은 문학동아리로 지내는 나주에 사는 임여인은 한 달에 한 번은 우리 집의 맑은 공기를 마신다며 찾아오곤 한다. 요즘은 집에 있는 감과 사과, 무화과를 한 아름 따서 싱긋 웃음을 보내고는 도망친다. 읍에서 반찬가게를 하는 김여인은 내가 텃밭에 열무나 쪽파 등을 심어놓으면 그것을 뽑아 가져가고 그녀는 내게 반찬을 갖다 주며 지낸다. 가끔 나는 그녀의 집에 들러 커피를 마신다.

동네 사람들은 내가 여기에 온 초기에는 무슨 여인네라도 우리 집에서 보이면 지대한 관심을 보이며 '살 여자냐?' '언제 장가 가나?' 하며 말을 걸어왔지만, 지금은 여인네들이 떼로 몰려와도 관심은커녕 '너무 퍼주지 마.' 하며 오히려 나무란다.

사실 내가 이곳에 다시 터전을 잡은 이유는 떠돌아다니는 삶에 지쳐서라는 표현이 맞다. 20대 말부터 지금까지 살려고 몸부림치며 회사원, 제조업, 도매업, 시간 강사, 학교 매점, 건설업 등 많은 업종에 종사해 왔다. 결혼도 하고 아이도 가졌고 실패의 연속에서 연락이 없다는 이유로 이혼도 당했다. 그리하여 내가 가진 것이 몸뚱이밖에 없다는 사실을 뼈저리게 느낀 어느 가을 날, 귀향을 결심했다.

여기에 있으면 어둠이 지고 주변의 나무들이 검은색으로 자신의 우듬지를 검푸른 하늘 아래 내보일 때, 비가 오지 않는 날에는 자연히 하늘을 바라볼 수밖에 없다. 어렸을 적 바라보았던, 별들로 가득한 하늘은 아니지만 성긴 별들이 아직도 나를 바라보고 있다. 이 가을, 북극성을 좌우로 오른쪽엔 카시오페이아, 왼쪽엔 북두칠성이 빛나고 새벽에 오줌이 마려워 감나무 밑에 서면 자리바꿈하여 가위바위보를 하고 있다. 저녁에 없던 오리온은 이미 남쪽 중천을 나른다.

내가 태어난 방에서 밥을 먹고 잠을 잔다. 올해는 유독 감자, 고추, 깨, 땅콩, 서리태 등의 작물과 매실, 대추, 사과, 무화과, 감, 꾸지뽕 등의 과일들이 모두 풍성한 수확을 가져다주어 한결 이 가을이 고맙다. 2년 전부터 시작한 농어촌 민박도 꾸준히 손님들이 찾아오고 방과 후 강사도 4년째 이어가는 중이다. 다만 코로나로 인해 여행이나 사람 만나는 일이 거의 없었던 탓으로, 소재가 고갈되어 글을 쓰지 못해 안타까움이 인다. 하지만 어쩌랴. 속 썩을 일 없고, 살기 위해 아등바등할 필요도 없고, 간섭하거나 받을 일 없는 지금이 좋은 걸.

내 곁에는 언제나 월출산이 있다. 월출산 작은 계곡을 몸이 찌뿌둥하면 오를 때가 많다. 가끔 개울물에 간을 보는 듯이 하얗게 피어 고개를 숙이는 억새들이 있는 곳을 지나갈 때, 손으로 쓰다듬으며 나는 그들에게 속삭인다.

'아프지 마.'

'항상 여기 있어 줘.'

모든 날은 다 흘러간다. 여명이 동쪽 창문에 하얀 손을 내밀 때, 나는 일어나 늘 장염에 시달리면서 나를 맹목적으로 반기는 유일한 말벗인 '옥금'이에게 물과 밥을 주고, 집과 집 주변의 작물과 나무들의 안녕을 물으며 하루를 시작한다. 그리고 하루 일을 끝내고 서쪽 마루에 앉아 넘어가는 붉은 해를 마주하고 오늘은 어떻게 살았나 되새김하며 담배를 피워 문다.

이제 나는 한 줄의 글보다 한 줌의 콩을 더 아끼며 사랑한다. 이제 나는 안부를 묻는 한 통의 전화보다 내가 키운 한 알의 사과를 더 사랑한다. 이제 나는 문득 떠오르는 한 줄기 그리움보다 한 잔의 소주를 더 사랑한다.

그리고

그리고

나는 여기서 죽는다.

일상을 위하여

이제 아침에 일어날 때면 허리며 팔과 다리 등이 굳어지는 느낌을 받는다. 잠을 잘못 잔 것도 아닌 것 같은데 허리가 뻐근해 잠자리에서 일어서기가 힘이 들고 굽어진 허리를 곧추세우며 방문을 연다. 저기 산등성이를 깨우는 여명을 바라보며 나는 밭에서 자라고 있는 마늘과 양파, 쪽파나 상추, 배추와 유채, 시금치와 갓들을 돌아보며 걸어야 허리가 펴진다.

손톱을 깎는다는 것은 내가 아직 손으로 일을 할 수 있다는 뜻이요, 발톱을 깎는다는 것은 나는 아직 걸을 수 있다는 뜻일 것이다. 날마다 수염을 깎는 것도 내 얼굴을 아직 누구에게 보이기 위한 배려일지도 모른다.

그제는 사과나무 사이로 단감 묘목 50주를 지인에게서 가져와 하루 종일 심었다. 작은 둔덕을 만들어 그 위에 사과나무를 심었던 탓에 오로지 삽으로만 구덩이를 파야 했다. 구덩이 하나를 파는데 보통 스무 번 정도 삽질을 해야만 했고 어스름이 깔리고 나야 일을 끝낼 수 있었는데 몸을 씻고 방으로 들어오자마자 온몸이 저리고 오른쪽 허벅지가 아파오기 시작했다. 어제 비가 온다는 일기예보에 무리를 한 탓이었다.

어제 온다던 비가 오늘 아침이 되어서야 자분자분 내리고 있다. 비가 오고 나면 날씨가 추워질 거라는 예보에 수도꼭지를 낡은 수건으로 감싸고 지하수를 퍼올리는 펌프를 작년에 덮어 두었던 솜이불을 창고에서 꺼내와 다시 덮어준다.

아, 올여름은 얼마나 더웠던가. 30도가 넘는 날들이 3개월 넘도록 지속하였고 그 덕분에 모든 애벌레들이 성충이 되기 위해 번데기로 갈 생각은 하지 않고 그냥 몸체를 부풀리며 작물과 과수의 잎들을 모조리 갈가먹는 통에 얼마나 많은 살충제를 뿌렸던가. 땅콩이나 서리태 같은 작물들은 씨앗을 만들 마음이 없는지 줄기만 뻗어 나가는 통에 낫으로 줄기들을 자르느라 땀은 얼마나 흘렸던가. 사과나 무화과도 열매는 몇 개 달리지 않고 하늘을 향해 가지만 키워, 가지 끝부분을 얼마나 잘라냈던가.

마늘은 실한 것만 골라 심었는데도 오랫동안 싹이 날 생각을 하지 않았다.

양파는 모종을 사다 심었으나 뜨거운 열기에 반이 말라 죽었다.

쪽파는 키만 크고 뿌리 분열을 할 마음이 없는 것 같았다.

상추는 씨를 뿌렸지만 하나도 나지 않았다. 장날에 모종을 사와 다시 심었다.

배추는 원예상에서 모종을 구해 정성껏 심었으나 다음 날 아침에 가 보니 반쯤을 청벌레가 갉아 먹었다. 그것들이 어디서 오는지. 날마다 그것들을 잡느라고 허리가 구부정하게 휘었다.

유채도 몇 군데 말라 죽었다.

시금치와 갓은 같이 씨를 뿌렸는데 뿌린 씨앗만큼 싹이 나와 잘 크겠지 했는데 비닐멀칭을 하지 않아서 온갖 풀들이 덮는 통에 며칠을 호미로 풀들을 메는 수밖에 없었다.

날씨가 추워지고 서리도 두어 번 내리자 벌레들이 사라졌다. 겨울을 나는 작물들은 이제 제자리를 잡았다. 이제 무성했던 나무들의 잎도 다 떨어지고 잎들 때문에 보이지 않던 풍경들이 아늑한 모습으로 다가오기 시작했다. 보이는 저 산들은 붉은빛이 사라지고 검푸른 모습으로 햇볕을 받아들이고 있었다.

이제 아침이 오면 옷을 챙겨 입고 산길을 걸으며 오늘은 무엇을 할까 생각한다.

이제 집으로 돌아오면 텃밭을 한 바퀴 돌며 심어진 작물들이 밤새 잘 있는지 돌아본다.

이제 방으로 들어와 방을 쓸고 닦고 나서 부엌으로 가 간단하게 준비한 아침을 먹는다.

이제 욕실에서 뜨거운 물을 틀고 이를 닦고 몸을 씻는다.

이제 PC를 열고 메일을 점검하고 써야 할 글을 바라보다 괜시레 부끄러워 PC를 닫고 만다.

이제 내 1년 선배인 동네 의원에 가서 감나무를 심다가 생긴 근육통을 위하여 물리치료을 한다.

이제 다시 집으로 돌아와 사과나무 가지치기를 시작한다. 오늘도 딱 다섯 그루만.

이제 읍내 작은 마트에 가서 소주 몇 병과 담배를 사서 돌아온다.

이제 며칠 전 마을 이장이 마을 논에서 수확한 쌀로 만들어 나누어 준 떡살을 끓여 점심을 먹는다.

이제 오늘은 예약이 없는 단 한 채인 농어촌 민박(일명 펜션)에 들어가 뭔가 정리되지 않는 것이 있는가를 점검한다.

이제 하우스에 들어가 아직 털지 못한 서리태를 털다가 '애구 내일 털지' 하며 그만두고 만다.

이제 다시 읍내로 나가 초등학교 때부터 친구인 반찬가게를 하는 여자친구 집에 들러 끓여준 커피를 마시며 세상 이야기를 나누다가 열무물김치를 한 줌 얻어 들고 집으로 돌아온다.

이제 돌아와 어제 펜션에서 나온 수건과 내가 벗어놓은 옷가
지에 세제를 넣고 세탁기를 돌린다.

이제 마루에 앉아 산 쪽으로 날아가는 비둘기와 동백나무 사
이로 넘어가는 해를 보며 내 나이도 해 질 녘의 한가운데라고
생각한다.

이제 어제 남은 돼지고기를 넣은 김치찌개를 가스 불에 올리
고 오늘 가져온 열무김치와 이웃에서 담았다고 가져온 며칠째
된 전복장을 꺼내 TV 앞 식탁에 앉아 뉴스를 보며 소주 한 병과
함께 오늘을 마무리한다.

이제 혈압약 한 알을 입에 털고 자리에 눕는다.

이상한 나라의 종님씨

종님씨 나이는 딱 여든. 이 조그만 나라에 온 지 60년이 되었다. 스무 살에 시집을 와서 딸 하나를 둔 후, 못난 서방을 서른에 간경화로 보내고 홀로 지금까지 우리 마을을 지키고 있다.

내가 그 당시 50호 가까이 되는 마을이었던 이곳에서 태어나 초등학교를 마치고 광주로 유학을 가 대학까지 나온 다음, 먹고 살려고 여러 지역을 조금씩 머물며 떠돌다가 환갑의 나이에 막 겨울이 시작될 즈음 귀향했다. 그해 마을로 불어오는 바람은 유난히 추웠다. 흙벽으로 된 집은 거의 300년 되어 폐허로 변해 있었다. 안쪽 벽에 전부 단열재를 붙이고, 천장을 스티로폼으로 막고 나서 벽지로 마무리하고 나서야 겨우 허연 입김이 나오는 걸 막을 수 있었다.

그리고 다음 해 봄이 오자, 1000평이 넘는 집 주변의 밭을 바라보며 농사라는 말조차 생경한 나는 이곳에 도대체 무엇을 심어야 하고 어떻게 심고 관리해야 하는지 막막한 가슴을 치며 하루하루를 보내고 있었다.

유년과 초등학교를 보낼 때 한 집에 보통 5명에서 10명이 넘어 300여 명이 살아가던 활기차고 시끄럽던 마을은 35호 정도만 남고 빈집도 5채나 되었으며 겨우 40명 남짓 유지하고 있었다. 마을 회관에서 점심이라도 같이 먹는 날이면 겨우 스무 명 정도만 모였고 50살이 되지 않은 젊은이는 아무도 없었다. 물론 내가 살았던 시절의 나이 또래는 주변 동네에서도 볼 수가 없을, 어느 때는 하루가 다 가도록 사람의 모습을 구경하지 못할 때도 허다했다.

10월의 어느 날, 나는 종님씨에게 마늘을 같이 심자고 부탁했다. 같이 텃밭에 마늘을 심으면서 종님씨가 조곤조곤 혼잣말처럼 이야기를 꺼냈다.

니가 우리 마을에 다시 내려와서 살 줄은 몰랐어야. 박씨 아닌 다른 성씨가 몇 명 동네에 살러 오기는 했어도 에릴 때 살다가 다시 내려온 사람은 니 뿐이어야. 그란디 니가 와서 집 고치고 집 안을 정리항께 엄마나 존지 몰라야.

서방이라고 맨날 술 쳐묵고 놈의 집 일이나 간섭하고 화투나 치다가 서른에 배 아프다고 하면서 밤새 피똥 싸다가 죽어분디

방 가운데 식어있는 그 모냥을 본께 그래도 속이 터지드라야.

텃밭 쬐깐 남겨놓고 그렇게 가 분께 그때는 환장하것드라. 에린 딸내미 하나 키우면서 놈의 집 일을 안해본 것 없제. 그때 무네미에서 그래도 반반하고 동갑인 머스매가 자기한테 오라고 했는디 딸내미가 눈에 밟혀서 못갔제. 시상은 그래야. 갈 때 가는 것이 인자는 어특게 살던지 똑같다는 생각이 들어야.

그란디 느그 집이 광주로 이사가고 난 뒤로 우리 동네 여러 집이 서울로 부산으로 막 이사 가불고 아그들도 크자마자 돈을 번다고 도시로 다 가분디 그때부터 동네가 아짐들만 남드랑께. 설이나 추석을 쇠러 올 때만 느그들이 보이는 세상이 되드랑께.

그라다가 점점 보리밥에서 쌀밥 먹는 세상으로 변해 불고, 끼니마다 고기 먹는 시절이 옹께 자식새끼들이 애기도 안 낳드라. 그러니 동네가 애기들은 눈 씻고 봐도 없고 늙은이들만 하나 둘 죽어나강께 인자는 낮에도 걸어댕기는 사람 보기가 힘들어야.

이 동네 사람들은 맨 하던 일만 평생을 하고 살지야. 감자 심고 벼 심고 고추 심고 깨 심고 마늘 심고 배추 심고 함시롱. 니가 와서 집 앞에 그 좋은 논을 팔아서 딴 데서 온 사람들 재우는 집을 지을 때, 동네 사람들이 미친놈이라고 다들 그랬어야. 근디 지금 봉께 그것으로 먹고 살아가닝께 다 좋게 봐야.

나는 인자 허리도 못 피어진다야. 인자 먹는 것도 힘들고 딸네

미가 가끔씩 와서 냉장고에 넣어 둔 음식이 가득 차서 넣을 곳이 없어야. 어찌보면 세상은 겁나 좋아졌는디 몸땡이라도 안 아프면 살 것는디 내가 벌어먹는 땅을 그냥 나둘 수는 없응께 일을 안 할 수는 없고 환장하것다야.

아이고, 인자 나도 갈 때가 된 것 같아야. 그래도 요양병원에는 절대 안 갈라고 아침에는 날마다 동네를 한 바퀴 돌고 그래야. 시원한 우리 동네 공기가 나를 건강하게 하는 기분이 들어서 좋아야. 니가 나 죽으면 꼭 쬐깐하지만 내 밭 좀 가져가라이. 내가 평생을 벌어먹은 땅을 그때는 누가 지을 사람이 있을랑가 모르니께.

나 좀 봐봐라. 나도 큰애기 때는 겁나 이쁘단 소릴 듣고 자랐어야. 우리 엄니가 설 에 꼬까옷 입혀서 내보낼 때는 우리 고모들이 동네방네 자랑할라고 보듬고 다녔어야. 그란디 이 얼굴 좀 봐라이. 얼굴이 다 검버섯이제? 주름 없는데가 없고 허연 바닥은 아예 없어야. 평생 밭에만 사니께 이 보양이어.

내일은 해가 북쪽에서 뜬다 해도 밭일 다 제켜두고 친정집이나 가볼란다. 엄니 산소나 찾아가 엄니한테 말할란다. 엄니 지금은 내가 엄니보다 열 살 더 많소. 이렇게 산 것이 엄니가 나를 그 좋은 동네로 시집보내서가 아니것소? 밭에서만 살다가 밭에서 죽게 말이오.

마지막 나루터

오늘 아침

안개가 산허리를 두르고 갈색으로 변하고 있는 감나무 잎사
귀에서

이슬이 뚝뚝 떨어진다

머무는 풍경은 나의 사계절 중, 11월 7일인 입동이다

나의 쓸쓸한 정원은 매실나무, 감나무, 사과나무, 산수유 잎들
이 하나둘씩 떨어지고

마루를 닦으며 바라보는 처마 안쪽에는

이미 떠나버린 제비집만 덩그러니 남아있다.

바람이 분다

우물이 있었던 자리를 쳐다보자

잎 몇 개 달고 꺾여서 말라 시드는 팔손이 줄기 하나

바람의 숨에 맞춰 펄럭인다

바람은 그중 잎 하나를 따 허공에 떠받힌다

소리 없이

문득 펴 흔드는 당신의 손짓으로 나부낀다

내게 멀어지며 나부낀다

다시 태어난 곳으로 온 지 어언 10년

집 앞을 지나며

내 집의 안부를 스쳐 보던 집안 아주머니 중

벌써 해마다 돌아가신 분들을 그려본다

나의 마지막 나루터인 이 집을 들어오는 입구의

300년 된 동백나무 줄기를 바라보는데

말라 버린 이끼를 보듬고 있는 모습이

안부로 모여 있던 끊긴 당신의 소식처럼 보인다

바람이 나에게로 다시 다가온다

마당 앞 아래채도 없어진 지 오래다

내 생의 반을 같이하며 버티었던 팽나무, 벗나무는

그루터기도 사라진 지 오래다

내 키보다 더 높이 자란 명아주 마른 줄기만이

바람에 누워 들썩인다

바람벽에 붙여놓은 내가 그린 수채화의 여백에 숨어서

당신은 푸른 손톱을 살짝 내비친다

그것이 나를 바라보는 의미인지 알 수 없지만

보면 아린 풍경인 것을

그래, 그래

나에게 내가 다짐하는 시간이 된 것 같다

오늘은 이런 다짐으로 살아야지

하루에 한 번쯤은 혼자 걸어라

세상 이야기들 그대로 놔두고

대문 밖으로 걸어 나와라

천천히 나에게 속삭이며 혼자 걸어라

외로움이 계속 나를 따라오거든

내가 나에게 눈웃음 한 모금 건네주고

나를 다독이며 혼자 걸어라

나무도 만나고 바람도 만나면

마음은 어느새 푸른 들판이 되고

유년의 고향 냄새가 되살아나면

내 가슴을 적시는 콧노래라도 부르며

하루에 한 번쯤은

이렇게 나를 만나며 살아가자

나에게 수필이란

다음백과에 따르면 '문학'이란 이렇게 정의하고 있다.

문학의 소재는 언어이며 그 언어를 조합해 조직화하는 것이 문학의 본질이다. 문학의 발생은 문자의 발명보다 훨씬 전의 일로 풍요를 기원하는 등의 주문 기도에서 기원한다. 문자가 생겨난 뒤에도 책에 의해 문학이 널리 유포되게 된 것은 종이와 인쇄술이 발명되고 난 후부터이다.

문학이 사회를 묘사하고 인생을 그리고 있는 이상, 그것이 사회적 산물인 것은 말할 나위도 없다. 문학은 사회로부터 영향을 받으며 또한 사회에 영향을 준다. 작가 자신이 사회의 일원이며 독자도 또한 같은 사회에 속해 있다. 작가는 그가 생활하는 시대와 사회를 표현할 것을 암암리에 독자들에게 요구받고 있으며 그 요구에 응하는 것이 작가의 사명으로 되어 있다.

1. 내가 다시 글을 시작할 때

나의 등단은 2011년 초 『에세이스트』이다. 그동안 '늘 푸른 아카시아'라는 광주고 문예반 OB 카페에 신변잡기의 글이나 어쭙잖은 시를 가끔씩 올렸는데 김종완 발행인의 (같은 회원) 요구로 '유쾌한 용기'라는 작품으로 등단하였다. 그때 조정은 주간은 '띄어쓰기' '맞춤법' '문단 나누기' '문장의 배열' '문장의 긴 열거'에 대해서 많이 고치고 다듬어주는 수고를 아끼지 않았다. 왜냐하면 문학을 한다고 했던 시기가 고등학교 문예반이었고, 그 이후로 대학교 때를 제외하고 더 이상 글을 쓰지 않았기 때문이다.

나의 문장은 고등학교 시절에 대부분 완성됐다고 생각한다. 그리고 그 카페에 싣기 시작한 추억을 공유하는 글을 썼는데 그것이 『추억의 사립문』이다.

2001년 처음 카페를 만들고 4,5년쯤 후에 『동연』이라는 동인지를 발간했는데 거기 발문을 내가 썼다.

몇 년 전, 함박눈이 펑펑 오는 한 겨울에 우리는 만났다.

만남의 절편에 서니, 정신의 황폐화에 일조한 산업화와 자주라는 이름으로 포장된 군사주의의 한가운데서, 부대끼고 타협하고 때로는 저

항하면서, 이것들이 찢겨진 달력처럼 무심해질 무렵 10대였던 우리는 어느덧 40대였다.

(…)

기억의 지도를 더듬어 보면, 그 당시 '광주고등학교 문예부' 일원들은 전후세대의 영향을 지독히도 받고 자랐다. 전쟁 후의 암담한 허무와 피폐된 정신의 어두운 언어들이 우리에게 고스란히 밀려왔고 우리는 전율하여 받아들였다. 그때 막 목총훈련으로 시작된 군사문화의 멋모르고 억지스러운 갈피를 추스르면서, 사춘기 언저리의 이성에 대한 혼란이 소란스럽게 합쳐져, 절망과 폐허, 덧없는 꿈과 넋, 그리움과 사랑, 고독과 존재 등에 대하여 어쭙잖은 어휘를 남발했던 것이었다.

그리고 문득 5.18을 거치면서 몇몇은 그 정서를 몰아세워 문단의 한 가운데에 정착하기도 했지만 대부분은 산업의 팽창과 더불어 먹고살기 위해 별의별 직업 속으로 튀밥처럼 튀어져 사라졌다.

미미한 감정이 활발한 것이다.

새로운 존재로의 여행은 이미 시작되었다.

그동안 카페에 모인 글들을 어설프나마 정성으로 정리하여 문집을 내놓는다.

우리들 어느 누구도 글의 서툼에 대한 발길질은 달게 받아들이나 소중함에 대해서는 한치의 양보도 없다.

세월의 달빛에 젖어 흙 속의 낙엽이 될 뻔한 가슴들이 비로소 집착하는 작은 신화를 이해하소서.

-「발문」 부분

2. 내가 추구하는 글쓰기

수필은 논픽션이지만 나는 시의 '상상력', 말하자면 좋은 시가 관통하는 사물과 풍경의 이해와 관찰력이 같이 병행해야 한다고 주장하고 싶다. 딴지처럼 보이겠지만 일련의 가요들에게서 보이는 가사는 시보다 가슴을 움직인다.

예를 들면 '등이 휠 것 같은 삶의 무게여.'라든가 '사랑해라는 그 말보다 더 좋은 말은 없나요.'라든가 '그대 숨소리 살아있는 듯 느껴지면 깨끗한 붓 하나를 숨기듯 지니고 나와 거리에 투명하게 색칠을 하지.' 등이다. 얼마나 가슴에 와 닿는 구절들인가.

또한 소설은 픽션이지만 녹아 있는 구성력, 문장의 배치, 복선, 읽고 난 뒤의 다가오는 감동 같은 요소가 있이야만 독자에게 환영을 받는다.

그래서 여러분께서 별로 못마땅한 구석이 있겠지만 나의 수필 쓰기는 다음과 같은 것을 추구하는 편이다.

첫째, 관념적 언어를 되도록 줄인다.

공허; 외롭다

귀가; 집으로 돌아오다

반추; 되새기다

번뇌; 괴로워하다

산화; 태우다

애련; 그립다

예감; 다가오다

자학; 가슴이 아프다

탄생; 태어나다

태초; 처음에

휴식; 쉬다

등과 같이 되도록 한글의 모습으로 쓰기를 원한다.

그렇게 쓰는 것이 글의 맛이 더 좋다고 느낀다.

둘째, 이야기가 생각나면 그것을 구성할 때, 그 이야기와 비슷하거나 다르더라도 주제와 맞는 이야기 하나를 더 얹히도록 해 본다.

어떤 분들은 한 이야기와 한 주제를 강조하지만 나는 글에 약간의 복선이 있는 것을 좋아해서 이런 구성을 좋아한다.

셋째, 술을 마신다.

어떤 이야기가 글로 쓰고 싶을 때, 나는 누군가와 술을 마시며 이런 내용의 글을 쓰고 싶은데 어떻겠냐는 뜻을 내비친 것을 자주 한다. 그 사람의 말 중에 어쩔 때는 대단한 내용이 다시 그려진다. 그리고 나면 그 사람이 좋아진다. 술은 소통을 하는 매개체 중에 질리지 않는 최고의 음식이다. 단, 글을 쓸 때는 술 취한 상태에서는 절대 쓰지 않는다. 그런 상태에서 쓴 글은 다음날 폐기하는 경우가 대부분이기 때문이다.

넷째, 이성에 대한 이야기를 자주 쓴다.

사람은 사랑 없이는 살 수 없는 동물이다. 이 소재는 모든 이들에게 호감을 불러 일으킨다. 만약 당신에게 이 감정이 사라진다면 글을 쓸 생각을 갖지 마라. 사랑은 모든 관찰력과 상상력을 동원하기 마련이다.

다섯째, 글을 마무리할 때 이야기 내용을 다 설명하여 끝내기를 싫어한다.

이것은 독자들의 호기심을 자극하는 한 방법이다. 글을 읽고 그 뒤 어떻게 됐을까 하는 이바구를 많이 듣는 경우가 좋다. 그리고 여운은 문학적으로 상당한 요소이다.

기행문이나 평론 같은 문학은 다르겠지만 수필에서는 시도할 만한 것임이 틀림이 없다. 당신의 인생도 아직 멀었다.

여섯째, 글쓰기에 게으름을 피운다.

이번에는 글을 꼭 써야지 하는 마음을 버리면 언젠가는 글을 쓰지 않고는 배길 수 없는 때가 찾아온다. 노는 시간이 숙성의 시간이라고 자조하면 아등바등 써야겠다고 머리를 쥐어짜는 수고도 덜거니와 좋은 풍경을 바라보며 살아가는 것이 삶에도 도움이 된다. 거의 1년에 서너 편이 고작이다.

일곱째, 가끔 필사를 한다.

좋은 글을 만나면 가끔 필사를 해 본다. 그 문인의 문장이 내게로 스며들 때가 있다. 특히 유명한 시인이나 소설가를 보면 자주 필사를 해서 글쟁이로 성공한 이가 많다. (안도현, 신경숙 등) 또한 필사를 하면 그 사람의 인생이 다가온다.

시 한 편 읽어보자.

-니, 오늘 외박하냐?
-아뇨, 올은 집에서 잘 건데요.

-그케, 니가 집에서 자는 게 외박 아이라?

- 안상학 「아베생각」 부분

필사를 하면 이 기막힌 반전도 같이 온다.

여덟째, 글에 '똥' 같은 말을 싫어하지 않는다.

어떤 수필을 보면 기막히게 수려하고 아름다운 언어를 구사하고 이 세상이 다 '아름다운 강산'으로 표현하는 것을 볼 수 있다. 언어도 마찬가지. 아름다운 언어만 있다면 아마 이 세상 사람들은 그 언어들에 지겨워서 다 자살하고 말았을 것이다.

살려고 발버둥치는 사람의 언어, 촛불을 들었던 이들의 함성, 깊은 병에 시달리는 사람의 몸부림과 푸념 같은 말은 절대 아름다울 수 없다. 그리고 이런 내용의 글쓰기를 할 때 욕이나 사투리를 가끔 첨가하기도 한다. 붓 가는 대로 쓰는 이야기, 자기 자랑, 오카리나 연주 이야기가 글에 비치면 거의 그런 글은 읽지 않는다.

이상, 나의 글쓰기에 대해 몇 가지 적어보았다. 자랑하려고 이런 주제를 내놓았나 하는 비꼬임이 있을 거라는 생각은 충분히 있었지만 그냥 지면을 채우기 위한 꼼수였을 가능성이 많다. 이상.

나 어떡해

삶은 감자는 먹지 않고 두면 며칠 가지 못하고 썩어버리지만 말라비틀어지더라도 감자를 실온에 그냥 두면 잘 썩지 않죠. 어떻게든 번식을 하려고 기다리는 중이니까. 당신이 검은 비닐을 씌운 감자를 냉장고에 넣어 두고 잊어버렸다고 치자. 그러면 어느 봄날 비닐 사이로 삐어져 솟아난 순을 보며 그 생명력에 감탄할 때가 있을 것이다. 종족을 번식하는 명목을 인간은 사랑이라는 말로 대신하지만 이제 나도 그런 감정이 점점 소멸하고 있다는 것. 하지만 아직도 약간의 감정은 남아 있어서 감자처럼 복스러운 여성을 보면 슬며시 쳐다보게 된다는 것.

나는 김장을 하지 않는다. 당연히 밭에 배추와 무를 심지 않는다. 혼자 사는 내가 하루에 김치를 먹는 양이 젓가락으로 몇 번 되지 않을 정도이고, 또한 혼자 산다고 김장철이 되면 동네 분들이 조금씩 가지고 온 김치가 스무 포기도 넘어서 6개월은 넉넉히 김치만 먹고 지낼 양이 되기 때문이다. 더구나 장터에 김치를 파는 여인네가 친구여서 열무나 쪽파 등을 텃밭에 심어 갖다주면 김치를 주기도 한다.

광암아짐이 김장을 했다고 김치 몇 포기를 가지고 와 나를 부른다. 아짐은 내가 살던 집터에 다시 집을 지어 살고 계시는 일가이기도 하다. 그런데 김치를 내 손에 쥐여주고는 마루에 앉더니 갈 생각을 하지 않는다.

"무슨 일 있어요?"

"혼자 지내기 불편하지 않아?"

"어쩔 수 없죠."

웃음만 짓고 있는 내 옆으로 몸을 바짝 붙이더니 속삭이는 목소리로 간곡히 이야기를 시작한다.

셋째 딸이 내 막내동생과 나이가 같다는 것. 결혼을 두 번이나 했는데 아이도 없고 남편이 다 일찍 죽어버렸다는 것. 그리고 계속 혼자 잡일을 하며 살아가는데 친구에게 사기를 당해 이제 돈 한 푼 없다는 것.

"그년이 어렸을 때부터 남 주기 좋아하더니 평생 내 속을 썩여. 지금 내가 데리고 있는데 몇 년 있으면 환갑이여."

그리고 속삭이듯 말한다.

"자네가 데리고 있으면 어쩔까 싶어. 농사도 같이 하고 민박

집 청소도 시키고. 그러다 보면 자네도 외롭지 않을 것이고. 그래도 볼때기가 포슬포슬한 감자 같아야."

올해 고향으로 내려온 초등학교 동창 마누라에게서 전화가 왔다.

"나하고 같이 일하는 병원에 아는 분에게 석구씨 얘기를 했더니 참한 여자를 소개시켜 주겠대. 한번 만나 볼래요?"

"그러지, 뭐."

"나이는 59세고 혼자 사는데 함께 사는 게 아니라 서로 알고 지내면서 연인처럼 지내고 싶대요. 얼굴은 좀 그래도 감자 같이 동그랗고 복스럽게 생겼다고 하네요."

"좋은 생각이네요."

하기야 나도 거의 20년을 혼자 살았으니 같이 지내면 어쩐지 불편할 것 같은 생각이 드는 것은 사실이니까. 그 여인이 보고 싶어졌다. 그래서 만날 날짜를 잡고, 입을 옷도 사고 염색을 겸한 이발도 했다.

그런데 만나기로 한 전날 저녁, 친구 마누라에게서 전화가 왔다.

"그년 미친년이어요. 만나는 조건으로 한 달에 500만 원씩 주라고 한대요. 자기가 얼마나 잘난 년이어서 그럴까? 13평짜리 임대아파트에 사는 주제에. 그리고 통닭집 아르바이트나 하는 주제에. 내가 머리를 하러 미장원에 가서 그 이야기를 했더니 원장도 미친년이네 하면서 100만 원도 많소 합디다."

나는 잠시 현기증이 일어 마루에 주저앉고 말았다. 왜 요즘 사람들은 만나는 것도 돈으로 환산할까. 그 여자도 그렇지만 미용실 여자도 그런 생각을 한다는 게 서글퍼질 수밖에 없었다.

오늘, 내가 이곳에 내려왔을 때 진도에서 데리고 온, 7년을 나만 보면 꼬리를 흔들던, 몇 번이나 장염에 걸려 내 속을 뒤집어 놓던, 아침마다 물과 밥을 주고 머리를 쓰다듬으며 안부를 주고받던, 내가 나타나면 얼굴을 내밀며 내 손길을 늘 원했던, 단 하나의 동반자였던 옥금이가 죽었다.

이제 떠나가는 것들

어제 우리 집에서 7km 정도 떨어진, 지금은 아무도 살지 않는 외갓집이 어떻게 변했나 궁금해서 차를 몰았다. 외갓집 막둥이인 어머니가 돌아가신 지 어언 1년, 이제는 어르신들은 다 돌아가시고 그 후 외사촌 형님들과 누님들이 한번 나를 불러 점심을 먹은 기억이 있다. 외할아버지와 외할머니께서 돌아가시고 외사촌 형님이 연애편지를 쓰던 사랑채는 이미 흔적도 없고, 그 큰 다섯 칸짜리 본체에 7개나 붙어있는 여닫이문들은 창호지가 거의 뜯겨나가고 앞 들판을 바라보며 앉아있던 마루는 군데군데 나무판들이 썩어서 내려앉아 있었고, 처마를 지탱하던 서까래는 몇 군데 건너서 조금씩 주저앉아 있었다. 초등학교 다니던 시절 방학 때마다 외갓집에 가서, 사랑채에서 한약방을 하던 외할아버지께서 식사를 하시려고 본체에 오실 때 내시던 큰기침 소리와 외할머니께서 내 옷을 벗기고 이를 잡으며 해맑게 웃던 모습, 숙부들께서 한국전쟁 때 다 돌아가셔서서 세 분의 외숙모님들만

부지런히 텃밭의 풀을 매는 모습이 내 기억 속에 아련하게 지금도 자리 잡고 있다. 이제는 가깝지만 찾아오기 쉽지 않은 곳. 어머니가 연결해 주던, 외갓집과 그 친척들을 점점 만나기가 힘들어지고 있다.

내 손등이 이제 저 시드는 깻잎, 고춧잎, 감잎을 닮아가고 있다. 이 터에 자리 잡고 10년을 버티는 동안 나는 동창이 밝아지면 일어나 집 주변을 한 바퀴 돌면서 작물들의 성장과 상태를 확인하며 새벽 공기를 들어 마시는 것이 일상이 되었다. 오늘의 공기는 11월의 중순이 되자, 차가운 기운이 몸 안으로 들어온다.

밤새 잠을 자고 나면 요새는 허리가 굳어, 걸으면서 허리를 폈다가 두드려야 한결 걷기가 편해진다. 나이 속으로 점점 굳어지는 손이나 다리, 목이나 허리의 아픔이 쌓이고 있다. 여기에 처음 정착을 할 때만 해도 한나절 동안 잡초를 메고, 가져다 놓은 산더미 같은 거름을 오로지 삽으로 퍼서 밭에 뿌리면서도 허리 한 번 곧추세우면 거뜬했던 몸도 이제는 잡초와 거름만 봐도 아프게 느껴지는 몸뚱이가 되었다.

지금은 좋아했던 탁구나 당구를 한 지가 여기 와서 몇 해 전인지. 좋아했던 영화를 본 지가 언제였는지. 몸이 뿌듯하면 오후의 햇살을 받으며 뒷산을 산책하고는 했는데 그것을 그만둔

지가 언제였는지. 아는 먼 친척의 노래방을 간 지가 언제였는지. 1년에 계절마다 올랐던 월출산의 산행을 한 지가 언제였는지.

처음 여기 와서 여기저기 집 곳곳에 내동댕이쳐져 있는 온갖 잡동사니들을 치우고 흉물로 버티고 있는 집 고치는 일을 몇 달간 몸이 부서지도록 하고도 이제 겨우 살만해진 집을 보며 월출산을 단숨에 올랐던 기억이 지금은 새삼스럽다. 지금은 시멘트로 발라 놓은 토방이 여기저기 갈라지고 있는데 식은 열정 때문인지 방치만 하고 있다. 무엇인가 하고자 하는 마음이 사라지고 있다.

구멍이 숭숭 뚫린 창호문을 바르는 일. 창고에 아무렇게나 쌓인 물건들을 정리하는 일. 베어놓은 나무들을 집안으로 옮기는 일. 굴거리잎, 감잎, 사과나무 잎들이 바람에 휩쓸리며 온 마당과 뒤란에 굴러다니는데도 쳐다만 보고 있다.

오늘, 보건소에서 코로나와 독감 예방주사를 동시에 맞았다. 석 달 전, 그동안 나에게는 오지 않았던 코로나에 걸려버렸다. 그런데 그 후유증으로 머리가 깨질 듯이 아팠고 가래를 한 달동안 입으로 뱉어내느라고 얼마나 고생을 했었는지. 코로나 후유증으로 죽는다는 것이 실감이 나는 시간이었다.

어쩌면 이러한 삶의 과정을 가만히 들여다보면 내가 나를 떠나보내고 있는 느낌이 든다. 저기 보이는 월출산이나 300년을 견뎌온 동백나무나 매실나무, 내가 날마다 잠자리를 같이 하고 있는 나의 집, 저기 하늘거리는 화송댁의 대나무들, 텃밭 주변에 나를 바라보며 끝끝내 자라고 있는 온갖 잡초들이 이제 가야할 날이 멀지 않았다고 바라보고 있는 것처럼 보이는 까닭은 무엇일까. 내가 떠나감으로써 그들을 떠나보내는 나.

그리고 내가 눈물을 흘렸던 적이 언제였던가. 누구를 떠나보내고 가슴에 상처를 받고 아름다운 풍경이나 저 넓은 바다의 파도를 바라보며 내가 원하던 곳에 취직했을 때 흘렸던 젊은 날의 그 많은 눈물이 언제부터인가 마르고 말라버렸다.

그동안 살아오면서 얼마나 많은 사랑의 감정을 느꼈을까. 사랑은 내가 아직 살아가고 있다는 뜻일 것이다. 하지만 어느 때부터인가 내 몸에서 빠져나갔다는 생각이 드는 그 말.

사랑.

박석구론

신 사랑 담론

김종완

신 사랑 담론

김종완(문학평론가, 격월간 『에세이스트』 발행인)

들어가며

사람에게 사랑이 남아 있는가를 묻는 일은 생각보다 번거롭다. 사랑이라는 말이 입 밖에 나올수록, 정작 삶의 현장에서는 그것이 점점 자취를 감추어 가는 듯 보이기 때문이다. 일손이 분주한 농촌의 노년, 귀향한 초로의 남자, 소주 한 병과 텅 빈 마루, 요양병원으로 실려 가는 이웃 노인들, 간암으로 삭아 들어가는 사촌누나, 그리고 어느 날 갑자기 죽어 버린 개 한 마리. 통상적인 '사랑의 이야기'와는 거리가 먼 이 장면들이야말로, 박석구 수필의 중심을 이루는 얼굴들이다. 이 글은 바로 그 얼굴들 사이를 천천히 더듬어가며, "여기에도 이런 사랑의 담론이 있다"고 말해 보려는 시도이다.

박석구의 수필은 노년의 회고담이면서 동시에 이 시대의 초상이고, 더 깊이 들어가면 언어와 몸, 집과 마을이 만들어낸 복합적인 사랑의 지층이다.

1부 「작은 이야기들」에서 우리는 산골 오솔길과 개여울, 늙은 아낙의 욕설과 바둑판 위의 미생, 제비와 굴거리나무, 야외전축과 군가, 화상 자국과 봉합된 얼굴, 아천댁과 감산할머니를 차례로 만나게 된다. 이 인물들과 풍경들은 어느 하나 미화되지 않고, 그렇다고 완전히 버려지지도 않은 채, 웃음과 체념과 부끄러움과 애정이 뒤엉킨 모습으로 등장한다. 여기서 사랑은 더 이상 "영원한 로맨스"나 "위대한 헌신"의 이름이 아니다. 사랑은 욕설 섞인 농담과, 밭일을 멈추지 못하는 굽은 허리와, 새끼를 낳고 장염에 시달리는 개 옥금에게 내뱉는 "썩을 년" 같은 말 속에 숨어 있는 어떤 끈질긴 애착의 형식이다.

이 글은 그 애착의 형식을 읽어내기 위해 바디우와 롤랑 바르트라는, 서로 어울리지 않을 것 같은 두 이론가를 조심스럽게 초대한다. 바디우에게서 우리는 '사건'과 '충실성'이라는 개념을 빌려, "순간, 토끼가 나를 쳐다보았다"는 한 줄이 어떻게 세계를 다시 묻기 시작하는 자리가 되는지, 즉 사랑의 사건으로 열리는지를 살피려 한다. 바르트에게서는 『신화론』과 『밝은 방』, 『사랑의 단상』을 불러와, '고주(孤酒)'라는 제목 아래 놓인 노년의 일상이 어떻게 일상적 신화가 되고, 또 어떻게 스스로 그 신화의 포장지를 찢어내는지, 농촌의 하루가 어떤 스튜디움studium 위에 어떤 작은 푼크툼punctum들을 흩뿌리고 있는지를 더듬어 보고자 한다.

평자가 '박석구론'을 통해 하려는 말은 단순하다. 박석구의 수필은 노년의 고독을 서술하는 사연에 머물지 않는다는 것, 그 속에는 이미 오래된 사랑의 형식들이 다른 이름으로 살아 있다는 것이다. 연인의 이름으로 불리던 사랑은 개와 마늘밭, 감나무와 월출산, 동네 노인들과 사라지는 마을, 빈 제비집과 허물어지는 외갓집으로 옮겨 심어졌다. "사랑은 어느 때부터인가 내 몸에서 빠져나갔다"고 말하는 화자의 뒤편에서, 여전히 사랑의 시선·상처·기억이 수많은 조각으로 반짝이는 것을 본다. 이 글은 그 반짝임을 따라가며, 박석구의 수필을 "이런 사랑의 담론도 있다"고 불러 보고자 한다

1부- 응시와 침묵의 사건

산골 오솔길, 개여울의 바위, 늙은 아낙들의 욕설, 바둑판과 오곡밥, 몸에 앉은 작은 점 하나까지 예사롭지 않다. 기실 그것은 귀향한 자신의 자화상인 까닭이다. 그는 자신을 지나치게 드

러내거나 숨기지 않으면서 '조금 부끄럽고, 조금 웃기고, 조금 외롭지만, 그래도 살아갈 가치가 있는 삶'의 온도를 은근하게 전해 준다. 자연에 대한 묘사와 사투리·구어체가 서로를 잘 받쳐 주어 서정적인 부분이 과잉으로 흐르려 할 때쯤, 길녀나 개잡놈 친구, 동네 아줌마들이 등장해 글을 훅 끌어내리고, 또 그들의 입담이 지나치게 거칠어질 즈음, 다시 제비꽃과 개울이 등장해 균형을 잡는 식이다. 우리네 인생이 이미 많이 기울었지만, '아직도 사랑하고, 부끄러워하고, 웃을 힘이 남아있는 사람'의 목소리가 참 오랜만이다.

「소소한 이야기들」

이것들이 토끼의 눈 속으로 빨려 들어가고 있었다. 밝고 환한 이 정적에서 보이고 느끼는 모든 것들을 끌어안는 검은 눈망울에 저절로 고개가 숙여졌다.

고요.

순간, 토끼가 나를 쳐다보았다.

겨울, 산골짜기로 들어가다- 에 나타나는 이 문장은 전체 연작의 정조를 정하는 장면이다. 솔잎의 물방울, 동백잎의 반짝임,

얼음장 속 물소리와 같은 감각의 단서들이 모두 "토끼의 눈 속으로 빨려 들어가는" 이미지로 수렴된다고 할까. 자연의 풍경은 토끼의 눈이라는 하나의 응시점으로 응축되면서, 화자는 자신이 바라보던 것이 동시에 자신을 반사해 온다는 걸 알아챔으로써 조심스러움과 경외로 다가간다. 다시 말하면, "순간, 토끼가 나를 쳐다보았다"는 짧지만 강한 반전, 이 마지막 한 줄에 의해서 앞선 모든 묘사가 '나의 경험' 이전에 '서로의 마주봄'이라는 사건으로 전복되는 것이다.

바디우에게서 '사건'은 그냥 '일어난 일'이 아니다. 이미 짜여 있는 세계(그가 '상황'이라고 부르는 것)의 법칙과 분류 방식으로는 제대로 셈해지지 않던 것이, 어느 순간 튀어나와 버리는 걸 뜻한다. 그래서 사건은 기존 질서의 눈으로는 보이지 않던 것의 돌출에 가깝다. 상황(situation)은 이미 주어진 세계, 질서, 분류법이다. 예를 들어, '자연은 내가 관찰하는 대상'이라는 세계관도 하나의 상황이다. 사건(event)은 이 상황의 기준으로 보면 '없어야 할 것', '보이지 않는 것'이 갑자기 모습을 드러내는 순간이다. 바디우는 이걸 '상황이 더 이상 자기 규칙만으로는 설명할 수 없는, 예외 같은 일'이라고 했다. 여기엔 '충실성/충실한 주체'가 매우 중요하다. 사건은 한 번 '펑' 하고 끝이 아니라, '그 일이 정말 있었다'고 믿고, 그 이후 삶과 생각을 처음부터 다시 짜 나가는 태도로 이어져야 한다. 이렇게 사건에 끝까지 '충실'하려는 사람이 바디우가 말하는 '주체'다. 진리 절차는 사건에 대한 이 충실성이 오래 이어질 때, 기존 세계에 없던 새로운 진리가 조금씩 모습을 드러내는 것을 이른다. 바디우는 그 진리가 주로 네 영역(사랑, 예술, 정치, 과학)에서 생긴다고 한다.

박석구의 이 수필에선 "자연을 바라보던 나의 시선"만 있던 상황 속에서, "순간, 토끼가 나를 쳐다보았다"는 한 줄이 사건의 자리가 되었다. 자연은 더 이상 내가 일방적으로 관찰하는 대상이 아니라, 나를 다시 바라보는 또다른 주체로 돌출한 것이다. 이 짧은 "응시의 교차"가 바로 "세계가 나를 새로 묻기 시작하는 자리", 즉 사건의 시작점이다.

나무들의 미동 — 자귀꽃이 떨어지고, 정금나무가 "부르르 떨고", 싸리나무가 꽃으로 쓸어내리는 장면은 의인화의 경지를 넘어선다. 실제로 자연은 인간과 대등한 존재 자체로 서로의 위치를 의식하며 반응하는 것처럼 느껴진다. 화자는 그 미세한 배려를 "자신보다 낮은 주위에 대한 배려"로 읽는다. 여기서 '낮다'는 말은 단순한 높낮이의 문제가 아니다. "바둥바둥 살아온 내 생"은 이 배려의 장면 앞에서 "초라하게 방류해 흩뜨리는" 것이 되고, 곧바로 '부끄러움'으로 이어진다. 하여 "적막이 왜 깊게 다

시 찾아오는지 그때 알았다"는 것이다. 허무한가. 아니다. 방금
본 장면을 오래 품기 위한 침묵, 즉 숙성의 시간을 맞는 태도로
써의 적막이다. 박석구의 '적막'은 무언가를 알아채고 난 뒤에
찾아오는 시간의 심연이라는 점에서 특별하다.

유달산의 사랑

내 생애의 체온이 가장 뜨거웠을 때, 사랑의 이슬이 저 흰 바람꽃에
머물러 서로 두 잎이 되고 싶었을 때, 그 애는 서울을 향하여 밤기차를
타고 그리움도 버리고 나를 떠났었지.

오래 오래, 오래 오래, 정말 오래 전.

이제 푸른 쪽으로만 가는 세상이 가득해지는 늦은 오후에, 돌아가는
기차의 창에 마주하는 내 눈이 슬며시 젖는 것을 느낀다.

전형적인 '첫사랑의 회상'이지만, 진부하지 않은 이유는 두 가
지다. 하나는 이미지의 정확함, 다른 하나는 시간 의식이다. "사
랑의 이슬이 저 흰 바람꽃에 머물러 서로 두 잎이 되고 싶었"
다는 말은 사랑을 '복수의 주체'가 한몸이 되려는 소망의 은유
일 것이다. 그런데 그 순간, 상대는 "그리움도 버리고" 떠났다.
사랑이 남긴 것은 맹목의 욕구가 아니라 서늘한 거리의 기억이

다. 젊은 날의 사랑은 흰 바람꽃, 밤기차, 까만 눈망울 같은 선명한 대비로 남아 있지만, 지금 주변의 세상은 '푸른 쪽으로만' 기울어간다. 푸르다는 말 안에는 성숙, 거리, 냉기, 그리고 어딘가 평온이 함께 물들어 있다. 그 세상 속에서 "기차의 창에 마주하는 내 눈이 슬며시 젖"는다는 것. 노년의 눈물조차도 과장되지 않고, '슬며시'라는 부사 하나로 오히려 깊이를 더해주고 있지 않은가.

산골짜기로의 귀향

산골짜기를 거닐며 상수리나무, 오리나무, 서어나무, 웅덩이, 바람과 구름이 에세이 전체의 시간 감각을 잘 드러내고 있다.

다시 오면 이들은 또 다른 모습으로 다가올 것이다.

자연의 변화는 예측 가능한 것 같지만 디테일에서 매번 다르다. 그 달라지는 것들, 산딸기와 청미래, 제비꽃은 생태학적 목록이 아니라, '내가 다시 올 때까지 기다려줄 존재들'인 것이다. 노년의 귀향은 대개 과거로 돌아가는 행위처럼 보이지만, 여기서는 앞으로의 시간을 약속하는 장면으로 전환되고 있다는 점에서 다르다. 즉, 이 문장은 "내 삶이 기울었지만, 자연의 시간은 아직 반복될 것이고, 나는 그 반복을 다시 보러 올 것이다"라는 묵직한 약속인 셈이다. 귀향이 회한에만 머물지 않고, '다음 봄'이라는 미래의 감각을 품고 있다. 월악산 자락 촌로는 이미 자연 속 자연이 되셨네 하면서, 나도 슬며시 눈을 감는다.

「개여울」

나는 개울가 주변을 천천히 둘러보았다. 각시붓꽃의 처연함. 도드라지는 산딸기의 팽팽한 푸르름. 쑥 무더기 사이 흰제비꽃의 애틋함. 갈빛 돌을 닦으며 흐르는 물. 거기에 비치는 구름 하나. 그 구름을 헤집는 갈겨니 떼. 다시 오면 이들은 사라지거나 다른 모습으로 다가올 것이다. 흐르는 것들은 자기만의 소리로 흐르고 바람에 흔들리는 억새들도 흘러가듯 흔들리고 있었다.

그가 이번엔 개울가로 나갔다. 거기 바위는 삶의 진로를 다시 결심했던 자리이면서, 어느 땐 "살아보자, 살 수 있어"라고 했던 다짐의 장소이기도 하다. 그러므로 보랏빛 각시붓꽃, 푸른 잎새 뒤 숨은 빨간 산딸기, 흰제비꽃, 갈빛 돌, 흰 구름, 물 속의 은빛 갈겨니 떼 등은 그저 자연의 풍경이라기보다 마주보는 존재의 이름들이다. 또한 그의 인생 이력을 대신하는 인물들이기도 할 터이다. 겨우내 집수리와 가난, 농사와 적자, 방과 후 강사, 민박과 조사원 일을 거쳐 온 그가, 이 자리에서 "살 수 있다"고 다짐했던 것이니 눈물겹다. "흐르는 것들은 자기만의 소리로 흐르고"라는 대목에서 나는 실제로 왈칵 눈물이 솟구쳤다. 사람도, 풀도, 물도, 각자 자기의 소리로 흘러갈 뿐이라는 인식. 그 사이에서 그는 자기 삶의 선율 속으로 침잠하고 있음을 알 수 있었다.

「정처」

정처란 이런가 봅니다. 그 가난한 시절에 살았던 동네에 떠났으면서도 다시 오고 싶은. 그래도 좋았던 곳.

이 짧은 문장에 앞뒤 서사를 통째로 실어 두었다. 연산댁과 연산양반, 연임이의 간암, 깨진 밥그릇과 빨래해 주던 기억까지 모두 지나간 뒤에, "정처"라는 추상적인 단어 하나로 아주 구체적인 자리를 만들어냈다. 정처는 "가난했지만, 그래도 좋았던 곳"인 지금 여기다. '좋았다'는 말, 이건 함께 살았던 사람들의 얼굴과 몸짓이 아직도 마음을 붙들고 있다는 의미다. 이처럼 사람을 그리워

할 줄 아는 이가 박석구이고 또 사람을 그토록 그립게 만드는 이
가 박석구다.

「늙은 시인들의 동네」

오매, 썩을 년이 또 남자랑 산다고 염병하네. 지 남편하고 이혼하고
나서 이번이 네 번째구만. 저년은 남자 없으면 못 사니 내가 속이 터지
지. 글지만 한편으로는 부럽기도 해. 나는 남자라고는 아제밖에 모르는
숙맥이었으니. 나도 외로웠어. 얼마나 외로웠는지 몰라. 외롭고 외로운
그때 내 마음을 자네가 알거나. 하, 이제는 그런 마음 없어져 버린 지 오
래이구만. 지금은 밥이 내 애인이여. 그런데 저 썩을 놈의 철쭉은 왜 저
리 환장하게 피어 있다냐?

과연 박석구다. 이렇듯 풍자와 해학이 도드라지는 풍류객 석
구는 내 고교 후배다. 앞의 서정적인 문장들과 달리, 욕설과 사
투리, 거친 농담이 쏟아진다. 나는 나도 모르게 석구가 살아 있
네, 하며 무릎을 쳤다. 정지댁의 말에는 질투, 분노, 체념, 웃음,
그리고 인정이 뒤엉켜 있다. "저년은 남자 없으면 못 사니…"라
고 욕하면서도, "글지만 한편으로는 부럽기도 해"라고 솔직하게
인정하는 순간, 이 인물은 단순한 주변인이 아니라, 자기 욕망과

체념을 함께 안고 사는 하나의 주체가 된다.

"지금은 밥이 내 애인이여."라는 결정적인 한마디. 웃프다. 그러나 곧바로 "저 썩을 놈의 철쭉은 왜 저리 환장하게 피어 있다냐?"로 넘어가면서, 삶은 다시 뜨겁게 전환된다. 늙음과 가난은 비극으로만 남지 않고, 입담과 농담으로 계속해서 '살아내'지고 있는 것이다. 이처럼 그가 귀향하여 포착해 내는 인물들은 늙었으나 생생한 삶을 수행해 가는 이들이다.

「미생」

생존과 미생은 상대방의 착수에 따라 판단하는 자신의 선택이다. 먼저 생존을 도모하는 기풍은 집 부족에 늘 시달려야 하며, 아직 미생이지만 상대방을 몰아치는 기풍은 허점이 많이 노출되어 끊겨서 죽는 경우가 많다. 생존 후 공격은 늘 손사장의 기풍이고 공격 후 생존은 나의 기풍이다.

바둑의 언어를 빌려 자신의 삶을 설명하는 대목이 인상 깊다. '생존'과 '미생'을 바둑의 형세로 옮겨 놓으면서, 그는 자기 인생의 기풍을 이렇게 정리한다.

공격 후 생존이라는 말은, 일터, 사랑, 술자리, 케이크 회사, 수많은 인연들 등 젊은 날의 도시 생활을 떠올리게 한다. 먼저 부딪치고, 나중에 수습하는 방식. 하지만 지금 산골에 정착한 그에겐 '생존'이 우선이다. '공격'은 나중 일이고. 나중에 손사장이 "그건 미생이야."라고 말할 때의 '미생'은, 바둑판 위에서 완전한 집이 되지 못한 돌들의 상태지만, 작가에겐 혼자 사는 그 자신의 자긍적 테제다. 미완성인 삶, 아직 집을 완전히 짓지 못했다 해도 버텨 볼 여지는 있다. 수많은 공존의 존재들을 가만히 살피면서 너그럽고 편안하게. 그게 초로의 귀향자 박석구가 들려주는 자연의 연가다.

「관념의 기대」

나의 그 어리석은 관념이 살아온 내내 깊게 자리를 잡았던 것일까? 이상하게도 세 번의 점 제거 수술을 받고 있는 와중에도 사실은 이렇게 별로 변함이 없는 생활을 하고 있었지만 그 점이 점점 사라지는 모습을 보며 이전보다 안정된 삶으로 가고 있다고 느껴지는 것이었다. 나는 모처럼 행복했고 가슴 속에 잘 살아갈 수 있다는 자신감이 솟구쳤다.

얼굴의 작은 점 하나를 인생의 상징으로 확장시켰다. '눈물받이'라는 이름이 "살기 위해, 가족을 부양하기 위해" 몸부림쳐 온 자기 삶과 겹쳐졌고, 그는 그 점을 없애는 일을 곧 '내 인생의 불행한 낙인을 지우는 일'로 수행한다. 그런데 놀랍다. 실제로 삶은 크게 바뀌지 않았음에도, "점이 점점 사라지는 모습을 보며" 안정된 삶으로 가고 있다는 느낌이 왔단다. 고마워라! 관념과 심리가 삶에 미치는 영향이랄까. 그는 이를 '어리석은 관념'이라고 말하면서도, 그 관념 덕분에 "모처럼 행복했고… 자신감이 솟구쳤다"고 고백한다. 기실 삶이란 얼마나 까다로운 구조나 물질이 아닐 것이다. 작은 상징 하나에 의해 버티기도 하고 또 변할 수도 있으니까.

2부- 돌아오고 또 떠나는 존재들

2부는 1부와 또 다른 구조를 이룬다. 집·마루·방을 통해 내가 태어난 집, 마루, 제비집, 빈 제비집, 마루를 닦는 손길을그려내고, 상처와 몸이라는 소재로 얼굴의 화상과 봉합, 아천댁의 무릎, 요양병원으로 가는 몸들, 유방암 4기인 그녀의 목소리를 담아내고, 떠남과 귀향이라는 사건을 통해 사촌누나, 도시에 나갔다 돌아온 화자, 떠나는 제비와 다시 돌아오는 제비, 야외건축 시절의 도시 청춘들을 불러낸다. 시대와 정치의 그림자라는 무거운 주제를 통일벼와 농약, 제비의 실종, 새마을 노래, 박정희

시대의 군가와 예비군, 유사 피해를 과장하는 목사와 여승을 통해 은근슬쩍 피력한다. 이 모든 것들을 작가 한 사람의 목소리로, 서정과 유머, 분노와 체념, 애정을 섞어 담담하게 풀어낸다. 그래서 이 책을 덮고 나면, 한 사람의 얼굴이 보인다. 상처가 있고, 웃을 줄 알고, 제비집과 마루를 오래 바라보는 사람. 혼자 살지만, 결코 혼자인 적이 없었던 사람. 그 사람이 바로 이 글의 화자, 그리고 이 글의 저자 박석구이다.

「제비」

제비는 철새다. 철새임에도 봄이 되면 마치 내 집 내가 왔다는 식으로 당당하게 추녀 밑에 집을 턱 허니 짓기 시작한다. 뻔뻔하기 이를 데 없는 녀석들이지만 전통적으로 우리는 이 새를 반겨왔다. 오죽하면 『흥부와 놀부 전』이 제비에 대한 대접을 선악의 기준으로 삼았겠는가. 어쨌거나 녀석들이 마루에 똥을 잔뜩 싸대고 새끼들이 부화하면 시끄럽기 그지없어도 우린 이 새들을 내쫓지 않았다. 제비처럼 떠났다 돌아오고 또 떠나기를 반복하던 여인이 있었다. 사촌 누나다. 그도 내쫓기는커녕 늘 반가운 주인이다.

막 사춘기를 지나가고 있을 무렵, 마을 어귀에 상여집이 있었는데 거기서 옆 마을 총각과 사랑을 나누다 들켜서 할머니에게 머리를 숭덩 잘리고 고방에 갇힌 적이 있었다. 그리고 고등학교 시절이 끝나갈 가을 무렵에 역사 선생님의 애기를 뱄다고 울면서 큰어머니에게 밤중에 이야기하는 것을 들었는데, 큰어머니가 그녀를 광주에 데리고 가서 애를 지웠다고 했다.

그녀는 그 후, 해마다 제비가 떠나가면 무엇에 홀린 듯 집을 나갔다. 그리고 제비가 돌아오면 남자를 데리고 집으로 돌아왔다. 큰어머니가 대빗자루를 들고 남자를 후려쳐 쫓아내곤 한 것이 두어 해가 된 것 같다.

그녀는 그 후, 해마다 제비가 떠나가면 무엇에 홀린 듯 집을 나갔다. 그리고 제비가 돌아오면 남자를 데리고 집으로 돌아왔다.

그러다가 결국 결혼했지만, 그녀의 남편은 그녀의 바람기를 못 견뎌 했다. 세월이 지났고 그녀가 늙어 병든 모습으로 옛집을 찾아왔다.

"나, 간암이란다. 죽기 전에 널 한 번 봐야겠더라. 종손 얼굴 못 보고 죽으면 조상들 볼 면목이 없을 것 같더라."

　지금 박석구가 살고 있는 집은 백부댁이다. 아들이 없는 백부에게 양자로 가서 어린 시절 박석구는 두집살림을 살아야 했다. 초등학교 시절엔 부모님 집에 살면서 등하교 시에 큰댁에 꼭 들르곤 했다고 한다. 그 다음 상급학교부터 광주로 유학했고, 방학이면 부모님 집에 반, 백부 댁에서 반을 지냈다고 한다. 그러니까 저 사촌누나는 백부의 딸인 것이다. 그녀가 나지막이 중얼거린다.

"나무들이 많이 컸구나. 산도 훨씬 푸르러졌고. 저 굴거리나무는 내가 심은 거란다. 항상 해가 바뀌면 새잎을 위해 낡은 잎을 버린다고 해서. 나도 그리 살고 싶었단다."

　사촌누나는 "제비가 떠나가면" 집을 나가고, "제비가 돌아오면" 남자를 데리고 돌아왔었다. 사랑을 갈구하며, 떠나고, 돌아오고, 또 떠나는 삶이 제비의 이동과 포개져 있다. 그러나 그녀는 굴거리 나무처럼 살고 싶었다는 것이다. 참 아픈 대사다. 굴거리나무는 "새잎을 위해 낡은 잎을 버린다"는 이유로 심었는데, 정작 그녀의 삶은 과거를 잘라내지 못하고 상처를 덧내는 방향으로 반복되었다. 왠지 이 장면은 단지 "아픈 친척의 이야기"가 아니라, 뭇 사람들의 욕망과 좌절, 그리고 "돌아오고 싶지만 제대로 정착하지 못한 존재들"의 초상처럼 느껴진다. 빈 제비집을 힐끗 보는 그녀, 그리고 곧 들려오는 돌잔치 방송까지 이어지는 가운데, 삶은 계속되고, 어떤 사람은 떠나고, 어떤 집엔 다시 새가 깃들기를 반복한다. 그게 자연한 삶일 것이다.

「야외전축」

여기선 톤이 확 바뀐다.

그 고고음악의 불멸의 명곡들을 보면, 톰 존스(Tom jones)의 〈Keep on Running〉(좆나게 달려라), 씨씨알(C.C.R)의 〈Proud Mary〉(워매 잘난 우리 순이), 다니엘 본(Daniel Boone)의 〈Beautiful Sunday〉(와따 존거 일요일) 등을 뽑을 수 있을 것이다.

영어 제목들을 사투리식, 욕설 섞인 '자기식 해석'으로 바꾸는 장난은 단순한 유머를 넘어, 한 시대의 감수성을 잘 보여주고 있다. "좆나게 달려라", "워매 잘난 우리 순이"처럼, 번역이라기보다 자기들의 몸과 말로 노래를 다시 들었던 청춘들의 풍경이다.

이 기막힌 전축이 없었다면 우리가 날마다 달콤한 아침잠을 건방지게 깨워 제끼는 '새마을 노래'를 어떻게 그저 들을 수 있었을 것이며, '위대한 지도자이며, 민족의 태양이시며, 우리의 영원한 등불 비슷한 박정희 어쩌고저쩌고' 하는 지겨운 제국주의적 깝깝하고 광기어린 땡 뉴스를 시간마다 듣고 살 수 있었겠으며, 강렬한 햇빛 속에서 나무로 만든 목총을 짊어지고 그 딱딱하고 재미없는 제식훈련을 견디어 낼 수 있었겠는가?

그러니까 야외전축은 단지 '놀기 위한 도구'가 아니다, 국가가 강요하는 노래와 군가, "광기어린 땡 뉴스"를 견디기 위한 개인들의 비공식 피난처였다. 한쪽에는 "사나이로 태어나서 할 일도 많다만…"을 악에 받쳐 부르던 군가와 제식훈련, 다른 한쪽에는 톰 존스와 CCR가 있었다. 야외전축은 그 사이에 놓인 작은 장치, 즉 청춘들이 국가의 군사 언어를 잠시 벗어날 수 있었던 틈이었다. 그 틈을 약간의 조롱과 노스탤지어를 섞어 회고하는 이 글은 참으로 박석구 적이다.

「내 얼굴의 상처」

다음날 오후 늦게 제주여객선터미널에 도착하여 거울로 내 얼굴을 확인하는 순간, 주렁주렁 달린 물집들과 패인 수많은 자국에 프랑켄슈타인의 실물을 보았습니다."

(…)

수술이 끝나자마자 거울을 본 순간 또 다른 프랑켄슈타인이 거기 있었습니다. 이 글을 읽은 당신은 이제 나를 만나면 내 얼굴을 힐끔힐끔 쳐다보면서 분명히 상처를 확인하려고 애를 쓸 것입니다.

두 번의 큰 사고, 한라산 화상과 교통사고를 이야기하는 이 부분은, 자신의 외모 상처를 숨기지 않고 정면으로 꺼내놓는다. "프랑켄슈타인"이라는 비유를 스스로 두 번이나 쓰는 것은 자조와 유머가 깃들어 있지만, 사실은 꽤 과감한 자기 노출이다. "당신은 나를 보면 틀림없이 상처를 찾으려고 할 것"이라고 못을 박는다. 그러면서도 이 글 자체를 통해 이미 상처를 '먼저 보여주는 쪽'으로 위치를 바꾸고 있다. 즉, 남들이 힐끔거리기 전에, 내가 먼저 내 얼굴과 상처를 서사의 일부로 만든다는 점에서, 그가 자기 삶을 대하는 태도의 완강함이 엿보인다. 상처는 숨길 대상이 아니라, 이야기의 일부라는 걸 잘 아는 작가이다.

「아천댁」

아천댁은 "악착같이 밭을 갈던 농촌 여성"이면서, 다른 한편으로 "늙은이에게 잔인한 말을 퍼부어버린 사람"이다. 탄저병이 온 고추밭에 번졌다. 600포기의 고추, 마늘과 양파 등 농사일은 하염없이 이어지는데, 그런 일상의 벼랑 끝에서 터져 나온 말이 "빨리 죽어야지"이다. 그리고 결과처럼 보이는 장면이 이어진다.

다음날부터 감산할머니는 그 말에 충격을 받았는지 대소변을 가리지 못한다는 말이 들려왔다. … 그리고 두 달 후, 결국 100세를 채우지 못하고 돌아가셨다.

인과 관계를 단정하지 않는다는 점에서 탁월하다. "아천댁은 그 다음날, 오른쪽 다리를 질질 끌며 칠게처럼 모로 걷기 시작했다." 말과 병, 죄책감과 몸의 고장 사이에 묵직한 기운만 남기는 식이다. 여기서 농촌의 노년 여성들은 모두 "밭을 걱정하다가, 몸이 하나둘씩 망가져 요양병원에 가는 사람들"로 그려진다. 아천댁, 감산할머니, 영곡댁… 누구도 영웅적이지 않고, 누구도 완전히 선하거나 악하지 못하다. 화자는 그들의 독한 말과 독한 노동, 그리고 서서히 굽어가는 몸을 함께 기록한다. 이 연작의 윤리는, 그들을 미화하지 않으면서도 끝까지 '사람으로, 입체적 인물로' 남겨 두는 데 있다.

「우리 집 풍경」

유년幼年 시절의 추억은 우리 집 마루에서 날마다 바라다보았던 석양의 노을이다. 서편 잔등 저편으로 넘어가는 해는 가뭄이 심할 때는 핏물처럼 새빨갛고, 우기 때 어쩌다 보는 해는 너무 맑아 노란색에 가까웠다.

노을 색이나 해의 크기가 늘 달랐던 것처럼 추억도 어떤 것은 깊고, 어떤 것은 얕고 바랜 사진첩 같은 것이다.

노을의 색 변화와 추억의 깊이를 나란히 두고, 과장 없이 정리한다. 날씨에 따라 계절에 따라 변하는 석양의 빛깔이나 해의 빛깔처럼 기억도 그렇다. 어떤 기억은 선명하고, 어떤 기억은 바랜 사진 같다.

해가 지고 어둠이 오면 어머님이 끓어주셨던 수제비를 먹고 동생들과 평상에 누워 별빛만으로 충분히 환한 하늘을 보며 저것은 큰 곰, 저것은 작은 곰, 은하수, 견우, 직녀, 샛별, 북극성, 북두칠성, 오리온, 카시오페이아를 늘상 가리키다 저 별은 내 별, 명순이 니 별은 저 별, 석용이 니 별은 저 별, 아니야 아니야, 저 별이 내 별이야, 어떤 것, 저 큰 것 하다 그만 잠들었던 그곳.

지금 돌이켜 보면 이 세월을 살아오면서 가장 순수하고 행복했던 시절이었다.

이 수필집 전편에 걸쳐 거의 유일하게 "가장 순수하고 행복했던 시절"이라는 말이 직접 쓰였다. 별을 나눠 가지며 장난치다가 잠들던 아이들. 그때의 "우리 집"과 지금 "귀향해 사는 집"은 사실 같은 자리이고, 그 사이에 지나간 모든 세월이 앞에 길게 펼쳐져 있다. 어쩌면 그는 가장 맑은 순수와 행복의 근원으로 돌아가기 위해 일생을 방황했을지 모른다. 그래서 "지금 나는 내가 태어난 방에서 이 글을 내몰고 있다."는 문장이 가지는 무게가 유독 크게 와닿는 이유일 것이다. 먼먼 길 떠났다가 다시 돌아와, 어린 시절의 방에서 자기 생 전체를 되짚어 쓰고 있는 이 사람이 보고 싶다.

3부 '고독한 남자'의 일상 — 하나의 신화가 되는 순간

3부가 특히 웅숭 깊다. 박석구의 이번 수필집은 갈수록 더 깊어진다는 특장을 지닌다.

바르트는 『신화론』에서, 일상의 사물과 풍경이 어느 순간 '이야기'와 '가치'를 싣는 기호가 되면 그것을 신화라고 불렀다. 빨

래비누, 광고, 사진 한 장이 "그냥 그것 자체"를 넘어, 어떤 이데
올로기를 은근히 전파하는 방식이다.

「고주孤酒」

고주孤酒라니? 허허! 그저 '소주'와 '혼자'가 핵심 기호로 작동
되고 있는데, 그게 기막히게 뭉클한 맛이 있다.

> 나는 거의 날마다 밤이 되면 혼자 저녁을 먹으며 소주를 마신다.
> (…)
> 그날의 하루를 되새기면서. 외롭다는 핑계로.

소주 한 병은 혼자의 밤을 버티게 해 주는 약이다. 초로까지
버텨낸 생애를 대변하는 문장인 동시에 "그래도 나는 내 힘으
로 산다"는 자존의 서사가 내포되어 있다. 그러면서 "고독한 노
년 남성"이라는 사회적 이미지가 서서히 신화화된다. 농촌, 귀
향, 민박, 소주, 혼밥, 개 '옥금', 마늘밭, 월출산… 이 모든 것들이
모여 "시골로 내려간, 스스로를 책임지는 남자"라는 하나의 도
상으로 드러나는 것이다. 그런데 이 글은 그 신화를 곧바로 포
장하지 않고, 중간중간 균열을 내어 버린다.

예를 들어, "그녀를 책임져야 할 상황이 올 수도 있는 것이고, 그녀가 내 곁에 있으면 이제 혼자 먹고 마시는 일상이 줄어들 것이다." 라는 문장에는 "고독을 벗어나고 싶다"는 욕망과 동시에 "간섭받지 않는 자기 세계를 지키고 싶다"는 욕망이 맞부딪힌다. 즉, '귀향하여 홀로 사는 남자'라는 낭만화된 신화를 만들어내면서, 그 신화가 지탱되는 실제 정동은 두려움·비겁함·안도·체념처럼 훨씬 복잡하다. 하여 이 글은 "혼자 술 마시는 남자"의 이미지에 신화의 겉포장지를 씌운 동시에, 그 포장지가 어디서부터 찢어지는지를 함께 보여주는 텍스트다. 즉 "어떤 글쓰기 방식이냐, 자체가 이미 하나의 입장"이 되는 것이다.

박석구의 문장은 전반적으로 쉽고, 서술적이고, 구어에 가깝고, 때로는 욕과 사투리까지 끌어들인다.

"썩을 년."

"그년 미친년이어요."

"자네도 외롭지 않을 것이고. 그래도 볼때기가 포슬포슬한 감자 같아야."

수필의 '품위 있는 문장'에서 흔히 지워지는 말투들이다. 이건 '고급 문학어'라는 관습적 글쓰기를 일부러 비껴가는 선택이다.

과장된 수사도, 고상한 관념어도, 되도록 줄이고 대신 일상의 호흡, 지역어, 욕설, 반복을 그대로 두는 방식이다. 특히 「일상을 위하여」에서 반복되는 "이제…/ 이제…/ 이제…"의 문장 구조는, 문체적으로 보면 거의 목록에 가깝다.

이제 아침이 오면 옷을 챙겨 입고 산길을 걸으며 오늘은 무엇을 할까 생각한다.

이제 집으로 돌아오면 텃밭을 한 바퀴 돌며…

이제 방으로 들어와…

이제 욕실에서…

이제 PC를 열고…

이 나열은 "심심한 보고서"처럼 보이지만, 바로 그 나열 때문에 텍스트에는 묘한 리듬과 쾌락이 생긴다. '텍스트의 쾌락'은, 눈에 띄는 사건보다 이런 문장의 리듬, 나열의 호흡, 반복의 박자 속에 숨어 있다. 독자는 "그게 다 비슷한 하루지 뭐" 하고 읽으면서도, 어느 순간 자신도 모르게 그 "이제…"의 박자에 몸을 맞춘다. 그때 이 글은 단순한 '내용 전달'이 아니라, 리듬으로 같이 살게 하는 텍스트가 된다.

바르트가 『밝은 방』에서 말한 studium / punctum을 빌리면,

이 수필은 아주 명확하게 두 층으로 읽힌다.

스튜디움studium: 농촌 노년의 삶, 귀향, 농사, 민박, 마을 인구의 감소, 가족사…. 즉 독자가 사회적·문화적 관심으로 "아, 이런 삶이 있구나" 하고 이해할 수 있는 층위다.

그런데 그 studium 위에, 아주 작지만 문장을 콕 찌르는 풍크툼punctum 같은 디테일들이 퍼져 있다. 예를 들면. "감나무 밑에다 오줌을 누면서 달을 바라보며", "오늘, … 단 하나의 동반자였던 옥금이가 죽었다.", "내 손등이 이제 저 시드는 깻잎, 고춧잎, 감잎을 닮아가고 있다." 그리고 외갓집 사랑채, 뜯겨나간 창호지, 내려앉은 마루 판자들… 이 장면들은 '설명'이 아니라 상처처럼 지워지지 않는 이미지다. 누군가의 의도된 상징을 넘어, 독자가 갑자기 "거기서 뭔가에 찔리는 지점"인 것이다. 특히 늙어가는 몸(굳어버린 허리, 손등의 잎 모양 주름), 죽어가는 동반자(옥금), 허물어지는 외갓집, 이 세 가지가 강한 punctum으로 작동한다.

이런 이미지들은 "노년의 외로움이란 이런 것이다"라고 설명하지 않는다. 대신, 독자의 마음 어딘가에서 조용히 통증을 일으키고, 그 통증은 오래 잔류한다. 이 글의 진짜 힘은 주제 설명이 아니라, 이렇게 흩어져 있는 작은 상처들의 이미지에서 나온다.

「**나에게 수필이란**」

화자는 아주 노골적으로 '나의 글쓰기 이론'을 말한다.

> 첫째, 관념적 언어를 되도록 줄인다.
>
> 둘째, 이야기가 생각나면…
>
> 셋째, 술을 마신다.
>
> 여덟째, 글에 '똥' 같은 말을 싫어하지 않는다.

겉으로 보면, "나는 이런 작가다"라고 선언하는 저자의 자기 소개 같지만, 또 다른 관점으로 보면 여기의 '나'는 이미 여러 인용과 담론들이 엮여 만들어진 목소리다. 실제로 이 부분에는 가요 가사, 안상학의 시 구절, 인터넷 백과사전의 '문학' 정의, 동인지 발문, 같은 온갖 다른 글의 파편들이 들어와 있다.

바르트가 말한 "저자의 죽음"은 "실존 인물은 사라졌다"는 뜻이라기보다, 텍스트 안의 '나'는 이미 수많은 인용, 담론, 타인의 언어가 모여 만들어진 하나의 자리일 뿐이라는 뜻에 가깝다.

이 글의 화자 역시 농촌 노인, 귀향자, 술꾼, 글쓰기 이론가, 연애를 망설이는 남자, 친구들의 농담을 듣는 사람 등등 여러 역할과 목소리들을 덧입으며 구성된다.

특히 "나에게 수필이란" 부분은, 실은 "나란 사람은 이런 사람이다"라고 고정시키는 것이 아니라, 읽은 시와 노래, 겪은 역사(5·18, 산업화), 동창들의 행로, 욕설과 사투리를 통한 토속성, 이 모든 것이 뒤섞인 '텍스트로서의 나'를 드러내고 있다. 그래서 박석구의 수필은 한 개인의 자서전이기보다는 한국 농촌·근대사·문학 동인·가요·사투리라는 거대한 언어의 흐름이 이 한 사람의 입을 통해 발화되는 긴 "담론의 조각들"의 집합이다.

바르트가 어머니를 잃은 뒤 집필한 『사랑의 단상』은 "사랑하는 사람의 말"을 잘게 쪼갠 조각난 독백들의 모음이었다. 사랑은 하나의 개념일 수 없다. 기다림, 질투, 부끄러움, 체념 등의 개념이 여러 장면으로 쪼개져 나타난다.

이 수필집의 마지막 문장을 음미한다.

그동안 살아오면서 얼마나 많은 사랑의 감정을 느꼈을까. 사랑은 내가 아직 살아가고 있다는 뜻일 것이다. 하지만 어느 때부터인가 내 몸에서 빠져나갔다는 생각이 드는 그 말.

사랑.

사랑이 내 몸에서 빠져나갔다니? 텍스트를 다시 훑어보면, 사랑의 조각들은 여전히 사방에 흩어진 채 건강하게 살아 숨쉬고 있다. 김치를 들고 와 "혼자 지내기 불편하지 않아?" 묻는 광암 아짐, 감자처럼 복스러운 딸을 "데리고 있으면 어쩔까 싶어"라고 말하는 어머니, 그 자신이 감나무 밑에서 달을 바라보며 떠올리는 지나간 인연들, 유일한 가족으로 밥과 물을 챙겨주어야 했던 개 옥금의 죽음, 외갓집 사랑채와 외할머니의 얼굴, 마늘밭에서 장염에 시달리면서도 버티는 옥금에게 내뱉는 "썩을 년", 월출산 억새에게 건네는 "아프지 마. 항상 여기 있어 줘." 등등. 이 모든 장면은 정확히 사랑의 담론이다. 단지, 그 방향이 "연인"에서 물러나 개에게, 밭과 작물에게, 나무와 산과 집에게, 동네 늙은이와 사라지는 마을에게 옮겨 심어졌을 뿐이다.

그러니까 "사랑은 내 몸에서 빠져나갔다"는 말은, 실은 "사랑한다는 말을 더 이상 '연애'의 언어로 부르지 않게 되었다"는 뜻에 가깝다.

연애의 사랑 담론은 희미해졌지만, 사랑의 시선·애착·상처·기억은 여전히 텍스트 곳곳에 빛나는 파편으로 반짝인다. 그 조각들이 바로 박석구 수필의 쾌락이자 슬픔이다.

나가며

박석구의 이번 수필집은 노년의 고독을 구체적으로 그려낸 '사연과 이야기'일 뿐 아니라, 보통 사람들의 일상적인 사물과 말투로 창조한 하나의 신화다.

반복과 나열의 리듬이 만드는 쾌락의 텍스트이면서 작은 이미지들로 독자를 찌르는 풍크툼punctum의 모음이다.

또한 수많은 인용과 담론이 겹쳐진 '텍스트로서의 나', 그리고 인간에게서 사물·풍경으로 옮겨가는 사랑에 관한 신선하면서도 충격적인 담론이다. 그는 문학을 숭고하거나 장엄하게 들어올리려 하지 않고, '바로 지금 여기' 나즈막한 개울가로 밭두렁으로 감나무가 드리운 앞마당으로 초대하여 도란도란 일상의 언어로 엮어간다.